# 一個演員的生活筆記

李立群

# 目錄

## 幕後人生

## 家常細語

## 單口相聲

# 序

替台灣的《表演藝術雜誌》，糊里糊塗就寫了近十年的專欄。大約是前五年，他們把稿子攏在一塊，替我出了本書，問我書名叫什麼好，我就隨口說了一句，就叫《一個演員的庫藏記憶》吧！然後書也就順利出了。

到了大陸，一家出版社說我們也想出版。我同意了，結果書名被建議改成《李立群的人生風景》……也行，我沒什麼好計較的。再版，改回來，也行。

這回，我把第二本要出的文章，一篇一篇校訂了文字。壞了，寫專欄為基礎所展現出來的書，隨著時間的延長，內容的感性和事件，會愈來愈薄。其實我早就感覺到這種現象的存在，何況我並不是學中文或者學寫作的人，稍一話多，文字和語言的深度，好像都已經到了盡頭，腦子裡浮現出什麼就寫什麼，組織的能力幾乎都不再依靠了，又不想抄誰的，怕丟人，臨時抱佛腳又談何容易，佛在哪裡都不知道。

所以，能看到這本書，又能看完它的，我是真佩服您。我希望這本書，客氣中有它的坦蕩蕩……

李立群

# 演員雜記

# 演員修養訓練的使用期限

最近尤其深有所感，如果演員的一生是以表現情感為主要工作的話，那麼情緒的起伏，對一個演員的生活和表演工作的影響都太重要了，有的時候還真是天真地羨慕出家人，可以拋開太多的情緒，每天有一個固定的時間，讓自己進入一個禪修，或者說，情緒極不需要起伏的一種狀態，哪怕是五分鐘也好。

或許我想得太過天真，隔行如隔山，出家人當然也有情緒起伏吧，可能還不輸給未出家的人……人與人之間，演員與演員之間，真像是一條河，有的時候漲潮，有時低潮，有時乾枯，有時氾濫成災……情感表現和與人相處的關係，不管你修養多好，原來它們從來就沒有真正地老實過，或者是說，從來沒有長期的穩定過，自己一不小心，就會踩到地雷，甚至一發不可收拾到後悔不及的地步。

演員雖然都是演員，但是質地、個性、訓練背景、區域的文化不同，年齡、性別的不同，常常會因為一點點細小的摩擦，而失去互相信任、互相尊敬的能力；演員是一種情感豐富的動物，卻不一定都能找到穩定的韻律，不論你多想演好一齣戲，或者再專心地去演一齣戲，都還是會有一些人性裡面來不及學習、或者來不及丟掉的東西，阻礙和影響你的表演，甚至生活。

暫且不談創作，六十歲的人了，生活和工作的兩種情緒還是經常會打架，鬧矛盾。無端的興奮，短暫的欣喜，偶爾的平靜，難防的抑心，突來的憤怒，可歎的抱怨，時而意氣飛揚，時而意興闌珊，有時也會激昂慷慨，甚至咆哮以對，這哪是耳順之年的人啊！不只我這樣，我媽媽今年八十九了，有點力氣，她也會向我們咆哮一下，也會生氣好幾天，也會意興闌珊半個月左右。我說這些事的原因，可能是我想要愉快地工作而不得，想要心無掛礙，但是全無考績可用，所有的演員修養訓練，搞了半天，原來都是有使用期限的。我是說我，不敢說別人。

難得碰到一隻好大的獵物，趕快拉弓上箭，結果見獵心喜，要好心切，讓它跑了，甚至把自己傷到了，「耐煩」原來也有有效期的。那麼演員這個情緒表演的工作，憑良心說，要用什麼作為「度」呢？人類的天性，他的內心，一如他的身體，不應該說謊，說謊了也沒用，他有他的韻律，不會一成不變，也不該一成不變，這個可能就是命運，或者說是天機。因此我還能怎麼辦？只能順其自然，因勢利導，尤其是因勢利導，我最近常常在思考這四個字，為了要讓自己辛苦而大量地工作，能像水一樣流暢，而不要崩決氾濫，我到底是要築高堤防，還是要挖深河道，現實的工作環境這麼地侷促……想把一個戲演得稍微好一點，要跟這麼多你意想不到的人接觸，而且是發自內心的接觸，這永遠是一個演員要預防要練習的事情，我幹嘛要說這麼多悲觀的事呢？因為我最近正在傷害一個演員，我也相對地在被傷害，而且，無解。老天保佑吧！

人類精神的導師們啊！孔子啊！老子啊！釋迦牟尼啊、蘇格拉底、耶穌啊！請你們一起穿著一身緊身褲，讓我看看吧！不要再顯得那麼寬鬆……

我的內心太需要寬鬆，寬鬆地待人，寬鬆地待己。或許說，我太需要大聲地笑笑了。我不想再穿得那麼緊了。

二〇一一年十一月

# 別讓人「猜」我們

天下的文章、藝術品乃至教育、愛情、萬事萬物，都在「表現」；或是說，都在呈現出一種自我的「表現」，有意的，無意的，都在存活期間不停地「表現」。隨心、隨性、無心、無性都是表現，許多雜念、妄念，沒有結果，沒有目的的心思，也都算是表現，只是被不被人看到或知道而已。

所以我們只聊一聊能被看到、被理解的「表現」吧！「表現」這個行為需要地方。舞台，就是一個人類最早發現的、供人「表現」的地方。崇高而又莊嚴的表現，通常不需要一個眾人矚目的舞台，因為生命本身就是了，活著就是了。

其次的行為，都需要一個屬於它的地方或舞台來表現。表現手法又暗示了提供「表現」的人或人們的許多心思、情意。說來說去，表現想被人知道，需要練習，練習到成為一種習慣，而習慣又有好習慣、壞習慣，我們不能讓不良的「表達習慣」誤導別人，不能讓人家老是「猜」我們，「猜」成不是真正的我們，我們真正的情意，尤其是當我們心中有想法或者有愛的時候。心中有愛，不論什麼愛，而不加以表達，對自己和對方都不公平，都像雜念、妄念一樣，都是一種浪費，一種遺憾，因為你沒有準確地表達，他怎麼知道你「愛」他？而不是什麼別的「心情」？

每次去看一個戲、一個畫展、一本書、一篇文章，甚至一個路人，都會不經意地有些收穫或感觸。不是我厲害，是人家會「表達」「表現」。不知不覺地，也有根有據地發現：分屬於十二個星座的各種不同的人，活在這個世上，古往今來地一直在表現，表達他們的心思，他們的藝術。生命行為最大的一塊，不是努力，不是懶惰，也不是它們的結果，而是它們的全部，只不過可以分開表現敘述而已，也可只談中間，甚至只有一個小小的「告訴」，對方以及大眾就可以收到了，就有可能知你、認你，或反過來滋養、安慰對方。哦！原來表現的另一層意義，就是要被知道、被鼓勵、被欣賞，然後，才接受被批評、被責備。那還等什麼，該告訴誰就趕快告訴誰吧！只是別說謊，別把不良的「表達習慣」，放在舞台上，浪費時間。因為「表現」並不是可以被無條件地欣賞或讚美的，跟阿諛或自戀更是截然不同的兩回事。舞台下的人確定是想來被滋養、被觸動以及被安撫的，所以他們對舞台上的你是關心的，是有期望的，他們才能對你提出鼓勵，他們也需要穿好了衣服買好了票，去表現。這樣一來，愛才會形成回響，否則愛，可能只剩下自己鼓勵自己了，這是很婉轉的話語。

在舞台上當一個作品言不由衷的時候，別人是會感覺到的，所以出於不自私而真誠的關懷和責備，和表面沒有深切自省的包裝，在效果上真的會大有不同。文章寫錯了或抄錯了，要先自知，然後道歉。和志同道合的朋友勢力壯大了，利益既得了，別忘了對別人不要幸災樂禍，還是要義氣相挺、愛的激勵，讓自己和自己人可以達到成長的更上一層樓。

我說話的語氣是不是愈來愈像一個「好為人師」的老頭？我不是怕老，我是怕偽善，那就真的老了，就沒什麼好表現的了，「老狐狸」、

「衣冠禽獸」，有什麼好表現的。

我最近會想到，在二十二年前跟好朋友一起創作的《台灣怪譚》，要不要再來合作一把？第一，我的體力和關懷台灣的心還夠不夠；第二，台灣已經處在一個更見怪不怪的境界；第三，不要再「台灣」怪譚了吧？至少是來一個《台灣人怪譚》，抑或是一個《中國怪譚》？也不行，中國太「強大」，「不許」怪譚，那我跟我的老朋友要怎麼「談」呢？

我想起了小時候家裡的一些對聯：放懷於天地外，得氣在山水間……春來也鳥語花香，秋去矣山明水秀……春前有雨花開早，秋後無霜葉落遲。想當然耳。

在人生的舞台上是否傳達了「愛」，以及是否有愛「可以」被傳達，才是重點，因為人家是穿了衣服買了票來的。說了這麼多人生舞台上的事情，我反而突然間忘了，什麼是人生?!

二〇一三年十二月

一九九一年，跟好朋友一起創作《台灣怪譚》，閒暇時拍了這張。

# 入睡後做夢前

「日有所思，夜有所夢」，「思」的時候，人是清楚的，還可以跟別人討論來去，但「夢」往往就變成了非邏輯的、零碎的、雜亂的，或者是「意象式」的東西。似乎白天的那些思想，到夢裡就被融化了，成為另一種語言或者狀態。這是夢，起碼還有畫面，那在入睡後，做夢前那一段是什麼？是睡著了？睡著了代表著什麼？停電了？不算。死了？不算。沒知覺了？不算。大概只能算沒有辦法知覺了。

我為什麼要說這個，而且要這麼說呢？是因為有一天，我看了一下《西藏生死書》（一下當然就是只有一下）。有一年，我聽過一個出家人傳法，傳的是「夢裡修行」。他說一位真正的修行人該做的，就是不分晝夜，持續對「心性覺察」的分明，直接使用睡夢時的不同層面，來「認識」和「熟悉」臨終死後所發生的事情。為了不浪費時間，做夢和睡覺的時候都有工作可做。可惜，我沒有用心聽！因為要聽兩個禮拜，還得做筆記。這還只是初步的初步，可見宗教的最高或者說最專業的領域有多深多細，要堅守「戒」才能「定」，才有可能「慧」。光是說，像我這樣，一點用沒有，弄了個半瓶不到的水，自己瞎晃蕩！

如此說來，古人「廢寢忘食」地做一些理想中的事情，都是覺知性很高的人哪！你別看我經常跟家人、朋友聊天的時候，總會談起禪，談到「泰然自若」，談到「從心所欲，不逾矩」，那只是我在說、在盼望，完全不表示我能去做了，更不是已經做到了。這兩三者的境界差太遠了。

其實我在生活、工作、休息，以及高度理性的談話或者思考中，都經常或多或少的進入類似「入睡後做夢前」那個階段——不明就裡的空白，沒有辦法知覺的狀態。那位出家人說，如果我們在那個階段可以知覺到，而且使用它去如何覺，那麼我們生命中的生或死就都是清醒的了，而且清楚了。天，那就算某一種證悟了？也就是完全不再迷惑啦！比孔子還厲害了！而且我們的日常狀態跟那種狀態的關係，就是鄰居關係，只是看我們願不願意串門或者搬個家了。當然這個搬家不太容易，興許會丟三落四，半神半鬼起來，甚至於利用修行來裝點自己，逃避自己生命中早就知道的遭遇。

反正，《西藏生死書》好看，好看極了，可是容易不想去多看，多看了覺得丟人，覺得自己太壞了，什麼念頭都有。其實像我這樣，是生不如死的，可是我還不明白「死」是怎麼回事，所以就算真死了，又大概是「死不如生」，可見死了比活著還難，難在不明白自己到底是怎麼了。「好死不如賴活著」，中國人這句話的學問太深了。怎麼體會還都對，那麼剩下來的話就是：活著真苦啊——不是，是活著不用功真苦啊！

眼下，我必須在一個月之內錄完二十四集電視劇，緊接著趕往北京，去拍下一個二十集電視劇，也是一個半月就要殺青，緊接著回台灣去排練那個要命的《奧賽羅》。以上三齣戲，都是很智慧又勇敢的角色，我要去演他們，不能讓他們來演我，你說可能嗎？我這不是自找的嗎？光說硬話沒有用，夢裡又不會背台詞，連一個稍微好的覺，都難得一睡，我靠什麼呀！靠家人對我的愛、對我的期盼，還有自己這一副「執迷不悟」的臭皮囊。別出毛病，出毛病誰也幫不上忙了。自己的麻煩，非得自己心裡明白，否則不可。

二〇〇八年五月

# 莎士比亞來了嗎？

莎士比亞來了嗎？這句話的意思對我來說，就是戲排演得怎麼樣了。那麼，排得怎麼樣了呢？還真不好說。有句中國話是怎麼說的啊？「而今識盡愁滋味，欲說還休。欲說還休，卻道天涼好個秋。」不對，好像有點扯遠了，我是真想逃避現實，可既然要談，也不能躲著不談，那就談吧！

我覺得，目前為止，排戲已經進入「緊鑼密鼓期」，還有「十五天」的工夫，我是丟三落四，似有似無地在找著、摸著，瞇著眼睛再看著「奧賽羅」這個角色，說白了，就是進步很少，令人擔心，極不靠譜的感覺！那怎麼辦？大家都等著看呢！不是看笑話，看笑話的人一般不會來，是看戲，看好戲的觀眾就要來了！哎唷！壓力太大了，「奧賽羅」如果是我，他就不會有什麼壓力，太多事情他都是往前衝的，在戰場上，他是百戰雄獅的主人，他是司馬光在《資治通鑑》裡不斷強調的「真龍不死」的真龍。我不是，而且差別挺大，我經常都只是個「卒仔」，現在說這角色太難演，似乎太遲了，會有這想法，不也是個「卒仔」？這些，奧賽羅還都沒有，他連自己沒有愛的智慧卻又愛得太深，這一點自知之明，都非常的覺醒。殺了自己最親愛的人，毫不猶豫地交出自己的生命，為了求平等，為了尊敬一種真正無私的愛。他的妻子苔絲狄夢娜做到了他沒有做到的，他又進一步趕上去做他該做的事，最後，臨死前，向自己下刀前，還不忘記軍人本色，或者說他內心深處的一個渴望，就是能「成為一個威尼斯人」。所以他的人格天生自大而勇敢，不會開車卻開了一部賽車的野牛，說完了，道盡了，人性裡的嫉妒，強烈的台詞，多元化的欣賞角度，不同口味的詩意，讓嫉妒變成了「P5」汽油，把這個賽車，玩命地推上了針鋒對決的高速上，後來那個「針」跟那個「鋒」，還真不是在說人與人之間的關係而已，是在說每一個人自己。自己在自己的世界裡，不管你謙不謙卑，暴不暴力，自不自大，糊不糊塗，自不自卑，當嫉妒來襲時，誰都保不準會走火，會爆炸，你幾乎會完全變了一個人，雖然你還是原來的你。

在知道了、或者說已經建立了奧賽羅這個角色，能夠被運用的材料，比方說，他是黑色的摩爾人，在種族歧視的威尼斯白人社會裡，沒有在低下階層混，反而是威尼斯王族貴人所要仰賴安全的砥柱。他有過多的社會高傲，襯托著天生種族所帶來的過多自卑，心理因素上其實是一個火藥庫，還是個沒有警衛的火藥庫，炸到誰，誰倒楣。

但是以上是說他這個人，而當人變成角色，要被拿來演的時候，除了勤加練習之外，我們還經常會去尋找的一種「微妙關係」，這個關係，可能是跟角色相同的一種經驗，也可能是風馬牛不相及的一個因素。戲快上演了，這是一個美麗的競賽，是像雅典奧運開幕式裡，那麼精準美好的奧林匹克精神的「再現」？還是一場為求生存的殘酷殺戮？都在我心裡上演，我只能默默地看著它們，自長，自滅，一直到演出完了，它們對奧賽羅，起到了什麼直接或間接的影響，看戲的時候，或許就會看到一點，一次很不同的演出，奧賽羅自己的針與鋒的「對決」。

我不想用比較過於正經的用語，嚴肅地來談我現在的排戲工作，我既寫來吃力，你也難以十分體會，只能自顧自的，想到哪說到哪……

除了「嫉妒」是《奧賽羅》一劇的主題之外，在這篇文章裡，如果還能聞到什麼玄機，或者氣味，也是因為來自這齣戲的、還沒演出前的一些心思。

奧賽羅的命運和他的愛情生活，讓我想起了年輕時看過鄭愁予的一首詩：

來自海上的雲，
說海的沉默太深
來自海上的風，
說海的笑聲太遼闊……

只是想起了而已。

我現在還演出奧賽羅的呻吟，他殺了愛妻之後的呻吟，宣洩著的懊悔，突發而不漸進，必須要有真實的、被打擊過後的承受感，而且極其深切……好寫，不好演。那種懊悔的哭泣，似乎也透露出「新生」的感知，但是最愛的人已經死了，新生的意義也被淹沒了。然而演員和觀眾是生生不息的，看完了這個莎士比亞的四大悲劇之一，只要您沒睡著，您看得下去，那您就可能在別人的痛苦與懊悔當中，看到自己的生生不息，「自強」不息。

如果你來看戲了，也看到了這個感覺，那，莎士比亞就算來過了。

二〇〇八年九月

《奧賽羅》劇照。

# 兩次教訓

## ——關於演出《針鋒對決—奧賽羅》與《傻瓜村》

參加莎士比亞劇《奧賽羅》的演出，成為我這一年多來無法忘懷的某一種挫敗。倒不是我接受不起表演上的得意或失意，而是在排這齣戲的過程中，我幾乎都在跑醫院、住院、檢查、復健，還有個「誤診」加在其中等等有關於生病的問題，浪費掉了許多寶貴的排戲時間，讓我心痛，耽誤其他主要配戲的合作演員，使他們的發揮也受到影響，讓我更感到遺憾而內疚。

## 因病無法專心排戲，演出「對不起觀眾」

而且要命的是，票還很早就賣光了，這意味著觀眾是等著要看一場好戲的。我汗流滿面、背後濕透地苦撐著在高雄演完了首演的頭兩場，雖然我絕不會讓台下的朋友看出我有狀況，但是，任何一齣戲，就是要上演了，才更清楚地感受到一個戲的輪廓、演出的好壞以及問題的所在……我頹喪地在後台，在旅館，在回台北的巴士上，極力地反省因為我在排戲的期間生病所造成的問題；一一地找出奧賽羅這個角色所沒有做到的地方。排戲就是排戲，「排戲」這件事情最了不起的地方，就是可以讓演員在能夠放鬆的情況下，冷靜地、塗塗抹抹地去找到一個表演的方向，表演的點點滴滴，尤其是表演的方向，也可以說是目標吧。當一個角色的方向和目標確立無誤的時候，比你在台上拚命地、專注地演出都重要。當戲已經上演的時候，如同箭已離弦，火箭已經升空，不能再退回排練室裡，修理修理這邊，改動改動那邊。而且，《奧賽羅》從高雄首演，繼而新竹、台南、到台北城市舞台，我愈來愈覺得我的表演單薄得像一張紙，愈來愈多排戲的時候沒有辦法去顧慮的問題、沒有辦法去發掘繼而去練習的情節，一一在我腦海裡萌生出來，原本還以為自己經驗夠多，反應夠快，應該可以在對角色有過仔細的研究之後，似乎就可以八九不離十地呈現出來——大錯特錯，簡直荒唐。

但是病倒了是真的，票也不能退了，眼看著一定要對不起觀眾了，心裡頭悶得……找不到任何藉口來安慰自己。你是一個幾乎什麼仗都打過的老演員了，怎麼可以不知道體力的維護是不可大意的事情？舞台劇演員，哪裡有資格生病？尤其這個腰椎間盤突出的病，是累出來的病，我怎麼可以讓自己的體力精力累到失控，累到老天爺都讓你躺下了，站也站不直。沒有時間去開刀，就躺著或坐在排戲場旁邊看別人排，自己只能用嘴巴跟他們對詞，中途又跑去看病、針灸、推拿等，我不敢難過，但是心裡想哭……演出的評語有人說：「伊阿古像個好人，奧賽羅變小了……」說得沒錯，而且說得很客氣，戲已經上演，改動起來非常危險，但是我必須得去改，盡我的力，改到不能再改為止。在第一波的演出結束後，我忍著自己心頭上的羞辱，默默地把自己全部的台詞，重新地練了再練，去重新想每一點轉折，想盡辦法把它們在第二次加演的時候，重新呈現出來，中間隔了一個月，我覺得好多了，只是前面幾十場已經看過的觀眾怎麼辦呢？說抱歉嗎？一點用也沒有。再演一次《奧賽羅》，讓我的身體沒有病，已經變成一個遙不可及的夢，而且也彌補不了對觀眾造成的損失。

## 個人狀態不好，連累了其他演員的努力

我個人的狀態不好，影響了別的演員，也連累他們的努力。比方說金士傑所飾演的伊阿古，在排練的時候，我看到他是如何努力地檢查自己的表演，練習各種心理情況，調節自己的聲音、情緒，盡力地可以讓自己成為不留痕跡的騙子，面對著雄獅一般的奧賽羅，甚至還害死了他。結果呢？我的體力讓我沒有辦法參加排練和參加討論的次數太多了，所以也直接連累了金寶在台上原本可以使出的力氣。一個演員練習得很多、很細；另一個演員幾乎沒練，自然就粗糙。不瞭解內情的朋友，是很容易會把金

士傑所精心設計的伊阿古，看成是一個「也算用心良苦的好人」，因為他表演得精緻，反而使卑劣性的色彩降低了，甚至於還會認為李立群無力招架，金士傑過於搶戲了（搶戲這種行為，是金寶的個性裡和他的表演涵養裡，絕對不會有的事）；而且，李立群怎麼會把一個大將軍，在節目單裡還詮釋得有聲有色這麼好聽，結果演出來的形象，倒像是一個心事重重的士官長了？其實，這些都是給那一場不該生的病鬧的。在台上沒能夠接住伊阿古的戲，內在的個性和氣質，也沒能給伊阿古造成一定的壓力，戲自然就不好看了。奧賽羅深愛的妻子，沒演出來深愛；妻子深愛著奧賽羅的表現，當然也是孤掌難鳴，也是會被連累的。這些，如果換成了其他演員生病，我的表演同樣也會被連累的。在台北加演場的時候，雖然我已經盡力挽回了許多，但是也嘗盡了自己跟自己的角色的一種「針鋒對決」了，有一點置之死地而後生的感覺，真不好玩。只是想提出來跟後來搞舞台劇演出的朋友們，聊一聊，勉強成為一次經驗報告吧！

## 大意誤判形勢，演出讓觀眾失望

而《傻瓜村》是《奧賽羅》過了一年後的演出，我的傷病早好了，但是對不起觀眾的感覺，比《奧賽羅》還嚴重，我想撲過去救，都沒有機會。更可恨的是，票又全賣光了，觀眾場場皆有錯愕！怎麼看到的戲，跟宣傳的海報、宣傳媒體上講得這麼不一樣？其實我在宣傳一個演出的時候，從來不會去騙，或刻意去誘導觀眾。我的原則一向是「假話全不說，真話不全說」就行了。但是這次宣傳的海報上，說「尼爾・賽門喜劇……李立群喜劇……」這兩點把很多人唬住了，許多許多朋友，會認為是一齣上乘喜劇，對它有很多期待，而我們並沒有事先說它是一個「實驗」性很強的喜劇。我的心情是五味雜陳，觀眾在謝幕的時候，分配給我及我們的掌聲，我像是看到一封來信一般地清楚、明白。

《傻瓜村》為什麼這麼讓觀眾失望，我有幾句沒說的真話，趕快說吧！《奧賽羅》犯的錯是我生病了，讓自己過於勞累，沒有警覺到體力的透支，一般這是不可告人的錯。我得在這裡說，《傻瓜村》是我大意加太大意，連劇本都沒有仔細看過，光憑多年以前看過一次的記憶，就答應演出了，而且排戲時間不到一個月。加上這個劇本，我們莫名其妙地、沒有小心地就認為它會是一個很容易就討好的劇本。其實不然，它之所以沒有能成為百老匯的商業好戲，卻又是北美許多戲劇系的學生愛拿去研習演出的劇本，那麼裡面必然有一些不是那麼理所當然的、需要演出的人更加用心研讀和討論的篇章在裡面，說白了，就是一齣很難演好它的戲。

## 隱藏東西方文化隔閡，喜劇更難演

為什麼呢？一般我們在看悲劇的時候，不管是東方的京劇或能劇或英國人古代的莎士比亞劇，凡悲，必有民族相通、人類相連之處，容易瞭解而產生共鳴！觀眾心裡容易有準備。悲與喜的素材，雖然都源自生活，卻各有不同，喜劇尤其需要生活中的共鳴，台上表演的人和台下看戲的人，必須能夠共享同一個背景，它是很容易就會有地域性的。尼爾・賽門的喜劇雖然是寫給全世界的人看的，但是美國的觀眾看了會更有默契；就像北京的相聲拿到台灣來聽，不見得受歡迎。又比方說，我們現在流行說的「抬轎子」，對老外來說，要怎麼準確又快速地去翻譯呢？所以《傻瓜村》裡面又暗藏著很多東西方文明的隔閡。觀眾好不容易高度關注地去買了票，結果看完了戲……花錢認栽，很包涵地在網上罵了幾句，就算過去了；慘的是，我全看到了，而且我比誰都明白是怎麼回事，是怎麼失職所造成的。怨不得經驗不夠的小男主角，他連為什麼會參加演出都不知道，能不能退出不演的權力都沒有，全是大人們幫他決定了，他只負責往前衝，所以我還得十分感謝他的心無雜念，他的初生之犢不畏虎，而且還挺壓得住場的。對年輕的他來說，收穫最多，而且挫折比成功的經驗更具有成長性；也怨不得本來就想要兩全其美的導演；全怨我，怨我這個被人稱為台灣舞台劇最老鳥之一的糊塗蛋。

君子報仇三年不晚，「仇」是我把事情搞砸了，報仇是給觀眾報的，時機成熟的時候，請允許我再為您上一次菜。

常言道：瓦罐不離井邊破，大將難免陣頭亡，打遍天下無敵手，碰上釘子就完蛋。

二〇〇九年十一月

# 十七年之癢

恰巧是十七年前吧！我在表演工作坊時，第一次看到這個美國劇本*Last of the Red Hot Lovers*，我們現在把它翻譯成《十七年之癢》（其實不叫翻譯，就是改名字了），有一些些改編的地方。精神不去改變，改得還不錯，我很少說我的舞台演出不錯。這一次的排戲雖略顯匆忙，但是演出還是可以的，所以票房上的比例，口碑好像大於宣傳，這在小眾傳播的舞台劇來說，是最好的現象，觀眾說你好看，看的人自然會多。每次謝幕的時候，老演員聽得到一片掌聲中的主要情緒是什麼，所有的辛苦，也就有了一個歸宿，放心地回家休息去。

《十七年之癢》的演出有沒有什麼不好？或者是差強人意的地方？當

然有，而且還不少，但是我不想在這裡說，也不是護短，是希望留給看過的觀眾，去開心地、大方地，或者激烈地批評吧！這個戲，我沒有那麼多不安，我會毫不設防地去接受各種評論，傾聽各種感受。

心裡面，反而不自覺的在渴望下一次想要演的戲。十八年前還是十九年前，我在表坊演了亞瑟．米勒著作的《推銷員之死》，當時也真是年紀不夠，回想起來，那時我根本不瞭解父母對子女的愛，總是叫人感到無力的，尤其是父子之間的一種。父親望子成龍，兒子以父為榮的兩種熱情，一旦被事情破壞了，雙方都必須承載著失去「愛」與「希望」的痛楚。那種痛，天下當過兒子、當過爸爸的人，都能體會一二，或者有無邊的痛苦感，讓人不禁會想到，「愛」真的就會是一場苦難嗎？愛這麼容易就會遭受到意外的打擊嗎？如果愛就是要克服苦難，並且對苦難進一步做出擁抱，才能使一切苦厄消失的話，那麼《推銷員之死》的主角就像許許多多的爸爸一樣，他們愛的力量，其實是有限的，所以最後他付出的愛是悲哀的——走向毀滅，自殺了。當然愛的極反面，往往就是殺戮，那是對不懂得愛的人才容易發生的，這些在《推銷員之死》的家庭中都有發生。再加上，當時抑鬱症這個名詞，社會還不太熟悉，我在角色的揣摩上多少有點瞎子摸象。如果我現在能再演一次這個戲，以上所說的情形應該都不會再發生了，到時候台下哭的觀眾，男人會更多。很奇特的一個劇本，觀眾會靜默地看，激動地看，戲會給人一種不由自主的深沉的感覺，一種無可言說的父子情懷，天下父母心，天下父母心，啊！

看完了戲，你會痛苦。雖然它讓你花錢買折磨，但是它也會帶給你清醒的知覺，更珍惜你過去的懊悔，如果我們能再演得好一點，我們自己都會步向超越、提升。可是，排戲的時間要夠上加夠，演員要愈強愈好。因為這個劇本是真的不好演。演員的道路，是一種迂迴上升的歷程，永遠是翻過一山又一山，跨過一場又一場，永遠是對昨日的某一種捨棄，某一種跨越，某一種翻過。而翻過不就是一種倒轉？如果我是有反省能力的演員，應該永遠是一種：覺今是而昨非，而且不覺昨非就無法悟到今是。《推銷員之死》的當年演出，我後悔過，所以在某種意義下，我可以在「懊悔」裡成長，在下一次的演出中，我會重拾它，不怕它會喪失。

一般人在生活中想要重新去希望一件事比較難，這一點演員就比較幸

一九九二年表演工作坊《推銷員之死》劇照。

運了。我上回其實演得不好。不怕，又沒讓我賠錢，可是賠了名聲，賠了觀眾的收穫。但是我可以真心地去盼望、去珍惜，珍惜這個戲被重估的機會。

來年，讓我再演一次吧！好劇本生生不息，好演員自強不息。我沒說我好喔！我靜靜地等待著下一次的逆轉。

二〇一一年二月

# 月圓之夜

這天是中秋，我在趕這篇東西，此刻的月亮又圓又亮，好像跟古人都能見面了。月圓之夜，話多，事多，愛情多，在古代，據說戰爭也多。

既然月都圓了，又沒有「雲妨」，我就來嘮幾句心裡話。可以是解構性地看，也可以是建構性地想，隨意。希望有人相會即可。

## **最熟練時，也是最難看清自己時**

有一年，在台北排演一齣舞台劇，由美國電影改編過來的。第一次讀劇本沒看出什麼毛病（這是經常有的），只是小修順了一下。開排，老鳥了，沒有太多擔心。排了幾天吧！老闆來看我們粗試的整排，旁觀者清，看完後她很嚴肅地跟導演開了會。意思是目前這個男主角（我演的），看起來過於壞人了點，是不對的！應該是觀眾要透過這個壞男人的心理過程，去看老婆們如何面對女人的處境，進而挽救婚姻……我很同意她的觀點和觀察。那麼，改！停止排練了三天還是五天吧！（這是少有的。）太應該停，也太應該改，但是一定改得好嗎？

問題的二次發現，往往是排練一個戲最難的地方。我是最老鳥，導演是中鳥，其他演員也都是優鳥，按部就班，每天排戲都準時開始，暖身，暖嗓，逐場地反覆排練。戲，由模糊進入具象，由單一漸漸地有了張力，在演員最接近熟練的時候，也往往是最沒有能力看到自己真相的時候，尤其我，好像還算是一個資深、權威老鳥，許多謙卑而實惠的感受，會不明就裡地進不了排戲間！豐富不到戲這一點，不一定是所有劇團的問題，但是它普遍存在著，其實，我就是再大意，也意識得到，這個戲可能沒那麼好看，自己所飾演的三個不同角色，一定有許多地方是要改的。但是，時間到了，要交卷了，上台，首演開始……

舞台劇這種劇，創作或者排練的時間和過程，幾乎全部地影響到了它的結果。

當那齣戲上演後，基本上都是滿座，我心如刀割，有這麼多人要來看我並沒有把握周全的演出。隨著觀眾發出的笑聲，演員愈來愈被鼓勵著，也愈來愈以為自己演對了，沒有笑的觀眾，在思考和失望中的觀眾，禮貌地坐在觀眾席，演員是看不到的，戲被笑聲、簡單的歡樂聲，強迫地再次包裝著，戲歪了，還是薄了，還是幼稚了，還是俗不可耐了，甚至還是根本演錯了，台上的人，都很難察覺了。到後台來探班的朋友，既然來恭喜了，說的話當然就委婉了很多很多。幾個月後，自己偷偷看錄下來的影片，心如刀割。就這樣，割了好幾個戲了，我哪還有臉、還有工夫，對別的劇團說三道四、品頭論足。全怪自己，因為我是最老的鳥。

**戲成功，但成熟嗎？**

《那一夜，我們說相聲》是成功的作品，只是成熟或不成熟，見仁

李國修、賴聲川和我，表演工作坊創立後的第一個戲《那一夜，我們說相聲》。

賴聲川、李國修和我在二〇一一年在上海戲劇谷的合影，這是一張讓我有些心酸的照片。

見智，連排戲的時間加搜取資料的時間，共有半年才公演。《暗戀桃花源》算得上近二十年一個經典集體創作，排了將近半年！《這一夜，誰來說相聲》已經有經驗了，還創作了四個月，排練依然差強人意。《台灣怪譚》，我跟賴聲川，天天排，天天討論，弄了三個多月，演出後效果雖然好像不錯，其實，是不成功的，因為我們想做的是單人表演的「stand comedy」，或者是「單口相聲」，但是中間走進了類似散文式的說書形態，只是觀眾似乎接受了。但是我們兩個都知道，它是在演出之後，邊演邊改了十幾場，才救成那般。

說這些，是給後來需要的人看，就像當年，無知、卻又無法知道的我。

二〇一一年九月

# 藝術的「流」與「通」

很多年輕人對表演感興趣，被「表演」這個事情吸引，我們大家當年也都是這麼開始的。可是有太多有興趣的人又沒有辦法進入理想的專業學校去念、去學，糊里糊塗的青春就被蹉跎了。

最近在網路上看到一些年輕人，組成一個隊，在教、吸收更多踢踏舞愛好者，有年輕人會去跟他們認識，跟他們學，還有小孩也學。這個方法有效，真讓人看到希望，因為這種方法，就像是外國的「寓工作於生活」的遍地開花型。

四十年前，我去看剛從海外回來的林懷民，在南海路發表個人獨舞《寒食》，很多人就站著看，林懷民就在中間抱著一大團布丟來丟去地跳著，接著學者專家如姚一葦老師者，便在《幼獅文藝》上發表文章，大加讚揚，雲門也就很善巧地開啟了在台灣遍地開花的歲月。

如今不同了，大雅和大俗都得善加利用媒體，利用網路，利用你每天空下來的時間，去經營它，去尋找或開創你自己想要學或者想要表演的「地方」，去找到「同類」。

整個生活已經沒有什麼個人專屬的特權或管道，其實台灣的文藝訓練環境是愈來愈公平，只是沒有人出來大力提倡或者方法比較急。推廣或者學習一種表演都急不得，但是不能停，不能傻等，不可蹉跎。

整個生活是一種對流，因為你動，大家而有互動，因往而來，因來而往。不能關起門過日子，不與外界交流溝通，除非你有了自給自足的秘方，成了武林高人練神功，不可外漏，那另當別論，我祝福你。要享有一身表演本事，或者要想找地方呈現自己所會的玩意，就得多跟社會來往，各種有利於你學習或者表現的來往，別老沉溺在聊天、談理想、論人生這種類似文藝人，而又沒真的上過戰場的邊緣人。

讓自己實際去做，靜下來談，打通裡裡外外的知覺。因此，通與不通，或許就是生活的藝術之所在了：「流」和「通」。

現在的藝術創作跟一百年以前的創作環境大大不同了。有的幸，也有的可能不太幸運，但是整體來說，學習的機會肯定比古代好，端看怎麼去找、去學。

不怕「成名」離你有多遠，只要去練，就怕「得道」與我永無緣分，那就有點老來慌了。想起一位很年輕的出家人，微笑著對我說：「我不要成名，我要成佛。」

當我們努力地要有表現的時候，其結果往往就是過於促迫。先把拘謹拿掉，該問就去問，該練就要練，想學就去學，學了之後要不斷問自己「我為什麼要學這個」，如果答案是經不起考驗的，是虛的，還來得及修正。必須找對老師，交對朋友，因為在學習的路途上，很容易被別人（包括自己最親近的人）的情緒、看法、說法影響了專心，所以老師很重要。這年頭掛羊頭賣狗肉的假老師太多，多得不勝枚舉。通常我們在剛對表演或者任何一件事情有興趣的初始期，太容易像是給倒影攪亂的池水。好老師不會故意攪亂你。

所以學藝術不要拘謹，只要小心，否則操之過急。太想成名，容易讓我們中心思想亂了，一旦你的思想亂了，學習的心態倉促而拘謹了，恐懼、怕失敗的旋律就揮之不去了。

二〇一四年十月

# 《冬之旅》像一場夢

如果人生如夢，我們會想要在夢裡做什麼？怎麼做？為什麼要做？這是本能，然後……終究是一場夢。蘇東坡用乾杯面對「人生如夢」，意境深遠而寬大。我不是他，我只覺得，既然都在夢裡了，那就盡量別再給自己找麻煩，就盡力地別煩惱了。可是夢這回事，也不一定是人能規劃的，所以「因緣際會」自然而然就成為夢中的盼望了。

## 一場美麗的跨越

今年，應賴聲川導演的邀請，在開會和詢問過兩次後，終於，還是因為想圓一個夢的緣故，高興地答應參加《冬之旅》的演出。編劇、導演、演員的陣容，使我很榮幸地參加了這個組合，既然對我而言這是一個「如夢之夢」，那麼我剩下的工作，就是好好地盡一切努力，把它呈現給觀眾，對我、對誰都是一場美麗的跨越。

《冬之旅》，講的是兩個很老的老朋友，動不動就多年不見，年輕的時候是非常要好的同學和好友，後來在「文革」時期，因為環境所迫，我飾演的「陳其驤」，是位詩人兼翻譯詩的人，這個角色出賣了我的好友「老金」（藍天野飾）。到老了，我應出版社之邀，要寫回憶錄，少不了要提到當年兩個人感情變化的經過，就來拜訪他。老金看到我來找他，冷漠到極點，幾乎句句話都是潑冷水，要不就是由衷地挖苦我。第一幕到結束前，觀眾已經看到人與人之間的怨恨和道歉行為，原來是有可能無法復合的，中間沒有誤會，就是已經造成的傷害，和一份想道歉但是說不清道不明的感受。做人，以及做一個憑良心的人，在人性衝突一發不可收拾的生命過程中，一切都顯得很無力，最後，人性的努力漸漸飄走了，浮出來的是那個時代……

古今中外，有許多時代的人們，在其一生中，都有一些難免支離破碎的狀態，或者一些冷酷的機械生活，這中間，環境扮演了很大的主觀影響，環境主觀，而人心卻失去主觀的時候，那真是天涼了，候鳥遠去了，人也沒有了自由自在的「完整人格」了。但是，如台詞裡所說的：我相信心靈，人有心靈！心靈似乎比靈魂還要自由，在任何環境裡，當你真正地付出過後，你的心靈比什麼都更有條件獲得自由。有沒有例外呢？沒有！因為我更相信驅使心靈活動的規則——因果。所以，愈艱苦的環境提供出來的智慧，可能愈高，《冬之旅》如一場夢一般，上演了。而它所呈現的智慧，人的智慧，見仁見智吧，我盡力地演，您，隨意地看。

戲在二〇一五年一月十六日於北京首演，這是我第一次在大陸演舞台劇。

## 藍天野老師 1

今年能跟天野老師同台演出，更像一場夢……

他雖然在演出的量上面，數十年來不一定算是很多的，但是在表演的質上，早就風格獨特已然成「家」！我在二十三歲，也就是在三十年前，就被他的表演深深吸引，《茶館》裡的秦二爺，對我當時的表演有著啟發性的影響，我細細品味他的表演，感覺揮其餘香亦可名家。老人家在這次的排練和演出當中，鍥而不捨地用功用心，使我感動，八十七歲了，比我還大上二十五歲!!兩個人在台上不下台，一百一十分鐘，其專注力、體力，超人何止一等！既然我在心裡已經認他為師，則終身為師，這齣戲，我怎能不點滴在心頭地陪伴他老人家身邊？感恩。

## 萬方女士[2]

萬方女士與我同年，是一個細心而又理性的處女座，這個劇本，是近十幾年來，我演過的最好的一個中國劇本，戲劇性、文學性，都溢於言表的好本子。這是經過一個多月，一遍又一遍的排練之後，經歷之際，我才能掌握知覺地感受它，讚美它！

這個劇本講的就是人性的深處，難免會有一些最過得去和最過不去的地方，人有七情六欲，也有如淨土般的心靈，人的內心可以很大很大，也可以很小。人心不會一成不變，也不該一成不變，因此會有許多恩恩怨怨，造成了人與人之間，無法跨越的環環扣扣。有人可以因勢利導順其自

1 中國資深話劇演員、導演，曾任職北京人民藝術劇院多年。所詮釋的經典角色有話劇《茶館》的秦二爺、《蔡文姬》的董祀、電視劇《渴望》的王子濤、《封神榜》的姜子牙等。

2 著名劇作家曹禺之女。現為中央歌劇院編劇。一九八〇年代開始創作小説，同時創作舞台劇、電影及劇本。

《冬之旅》劇照，藍天野飾老金，我飾演陳其驤。

二〇一五年，第一次在大陸演舞台劇，萬方女士編劇，我的老朋友賴聲川導演。能和藍天野老師同台演出，更像一個夢。

然，利用遺忘來活下去，有人則想坦白清楚地交代一番。所以要如何順性而為地表現，就成了一大藝術，甚至藝術的本身就是表現了。讓一個悲傷和恥辱的故事，奔湧而不崩決，以象徵代替了實際，情緒依然可以抒泄，不用虛飾而是實情，即體現了人性，也把持了自我，在驚心動魄的故事中，可以優美自然地表現出歷程。我看到我的老友賴聲川，在那一個多月當中，把這個戲，照顧成如此這般。

或許賴聲川又碰到了我……我們當年那種難以取代的默契……同時，我經常會懷念起國修。只有我們三個人能明白的，那個曾經有過的時刻。

二〇一五年六月

# 找一個能埋葬他的人

有許多人臨終前是沒有做好準備的，掙扎著走了；有的人是長年臥病而厭世，走了，這種走更是辛苦又可憐；有人心臟病突發，還沒感覺就走了，人們都說這種走，是幸運的，是修來的福……戰場上走的，此處略過。

有一個人，看不出他到底幾歲，約莫四十幾歲，不老，也不小了，男的，眼神深邃，好像看穿了什麼，但也不一定，可是很安靜的神態，髮型算是整齊，衣服不新可是穿著中性，看不出他的身分、背景、職業，甚至於他結婚了沒有？失意？還是落寞？都看不出來，更看不出來的一點是——他死意已決。但是他不想跳樓、開槍、吞藥、上吊等等死法，而且你怎麼問他，他都不告訴你他為什麼要死，你再怎麼勸他，他都會淡然地婉謝，你感覺不到他厭世了，可是他決心要死。

我們的教育裡常鼓勵我們：再漫長的旅程，也終有抵達的時刻——只要一心向前，努力不懈。這是一種正能量。而這個決心想死的人，臉上看不出一絲絲負能量，他恰好是心裡想著：再漫長的旅程，也終有抵達的時刻——只要找到一個，願意埋葬他的人……此刻。

他開著一輛老貨車，前面可以坐人後面可以載貨的皮卡，是他自己的車還是借的？更無法判斷。在下午溫暖的陽光中，現代文明的眾聲喧鬧中，他寧靜地把車開進一個像是人力市場的地方。有人在注意他，也有人伸手向他招攬活幹，他並沒有馬上停下。他在找，找一個他認為可以付一些工錢，就願意來埋葬他的人。因為他不想用上述的各種自殺形式，他甚至自己在一棵樹邊，已經挖好了一個整齊的坑，可以讓他穿著整齊之後，躺進去，只要安靜地等著哪一位願意幫他的人，把旁邊的土填滿這個坑，就算完成他的心願。

講到這兒，大概有些朋友已經看出來，這是一部電影，叫《櫻桃的滋味》，伊朗電影，很清楚、很明顯的，它不是一部商業片，它是純粹的藝術片。故事極為簡單，就是一個人決定要死了，沒災沒病，沒有原因，沒有遺囑，只想找一個願意的人把他埋了，就算完事。最後他終於找到了沒有？電影沒交代，故事簡單到了已經不能再簡單了，已經像個《伊索寓言》之類的啟示。看完之後把我嚇了一大跳，都害怕了，沒有聽過或者看過，有人談死亡就這樣談的，直撲你的心扉，打到你的靈魂，不知如何是好，死亡似乎變成一種渴望，一種渴望自由的激情。你不再去關心那個角色，反而會直接去想自己的生命，再也無法得意，完全不想創造生命。嚇完之後，第二天不想，其實是不敢再看第二遍，好像我已經死過了，死完了之後反而開始寧靜地思想，再去找到一種屬於自己的「自得」。

很重要的一筆是：電影鏡頭的最後，在不明不暗的月光中，那個人穿著西裝，不新不舊，頭髮整齊地，躺在自己挖好的坑裡，看著月光，看著這個世界，在等著。你感覺得到，他雖面無表情，安靜如常，但是，他還是愛這個世界的。只是他手邊已經沒有愛了，而那個月光，那棵樹，我又覺得，其實這個世界對他一點敵意都沒有，世界也是愛他的。看完之後，我心之痛，他像我許多時候，但不是經常，他反而讓我勇於承擔一些我可能會遇到的苦難，而無怨無悔。他讓我提醒自己，生命中不能沒有愛，也不能有愛不使出來，只要要求自己，不要求別人了，在自己中自足吧！待人寬大一點，不要決心去死，決心去救人多好，如果我們擺脫不了心裡的枷鎖，那麼「自由」可能已經不再是一種渴望，而是不幸了，一種在傷口撒鹽的不幸。

我沒有看過這部電影的任何影評，而這部電影的光彩，常會出現在我腦海，某一年的坎城影展把最大獎給了它，藝術片……多重要啊！

二〇一五年十一月

我和《櫻桃的滋味》的導演阿巴斯曾有片約，可惜他二〇一六年七月五日去世了，我非常遺憾。

# 創業年代

這四個月來，從初秋到冬天的中間，我一直在拍一部戲。我飾演的角色由四十出頭到六十歲左右，是浙江理安山裡的一個農民。在改革開放初期，就自覺到一家人要走出山村，去到城市，找發財的機會。一個人會舉家從老祖屋遷居，甚至用流浪的、撿廢品的方式來維持生計，又要尋找任何商機，這個覺悟性、冒險性、毅力都要付出很多很大，否則，不是寸步難行，就是打回原地，還消失了理想。當「風乍起」，往往會「吹不皺冰封的池沼」。一個人或者一個家庭，當心理沒有準備好，心胸還沒有張開，就算他讀過很多書，也不見得能知道下一步要怎麼走，或者是現在要怎麼辦？如果不能下定決心，充滿鬥志，終究還是會隔靴搔癢，於事無補。

創業之初，一遍又一遍的失敗，有點像演員排戲時，一遍又一遍的摸索，在失敗和摸索的同時，也得到了化經驗為知覺的成長。那個歷程，對個人，對國家社會，都是絕對重要的，而且只有在經歷的時候，我們才能掌握它、感受它，否則，只是「聽說」，或者「自我幻覺」而已。也就是說，中國的改革開放，並不是一開始就有一份很精密的計劃，一氣呵成。而是下定決心，認清楚世界和它的關係，認準了發展是硬道理的方向，在主觀客觀的時機當中抓住了感悟。正如一切美好的事，一樣需要恰當的時機。所以有建設性的失敗，再多次都是有意義的。有意義的好書自然就不厭百回讀，因為每次都有收穫，好戲不厭百回排，因為都有觀眾喜歡。但是在這些「不厭」的經歷當中，它也在等我們的心靈做好準備，達到成功、成熟的「時機」。所以時機才是造不厭的動力，反而不是好或者不好。好不好有的時候只是見仁見智而已。

我不好意思說拍這部戲有多歷盡艱辛，但是一百多個工作日，讓我對一個角色和社會互動的關係，卻是感受良多。像這類的電視劇並不多，因為它不是愛情片可以參考古今中外的題材，它也不是典型的政策片專打高空、重宣傳，它只是默默地在訴說一個家庭，在溫州這個先發城市裡，如何演變從「無」到「有」的過程，一個取材於生活、卻又不掩蓋事實的創業片，以一個小人物的家庭活動為縮影，寫意了中國改革開放在經濟上的成功。

溫州，總人口七百五十萬，卻有兩百萬人在外經商，足跡遍布中國城鄉和世界一百八十多個國家和地區。

最早的民營經濟始自溫州，集體經濟（股份制），以輕工業為主的經濟，一種兩頭在外的經濟，走出去的經濟，構成了「溫州模式」。溫州商人，被稱為「東方猶太人」。

中國改革開放的經濟奇蹟——窮則變，變則通。中國人的創造力，似乎總是在磨難中成長；在不斷地學習前人的成就；在古今集體的切磋與討論之中「精益求精」；在既有的成就中，默默修正，有所發展；從沒有計劃中的體會，變成有計劃的主導權的掌握。這個年代，就是我剛剛演完的、你我的《創業年代》。

《創業年代》這齣電視劇又名《溫州一家人》，這是我第二次用文字提到它。希望中國許多成功的企業家們，不要太急。因為你們的步伐已經太快了，成熟的企業好像應該是「快跑」和「慢步」同樣重要，希望中國的年輕人，要「耐煩」，不要被進步太快的社會搞得暈頭轉向，而打亂了你們的初衷，迷失在改革開放難免會有的亂流中。過好你自己，把假的先變成真的，偽就偽，善就善，千萬別上了偽善的當，像我一樣，那對未來就會啞然無語。做一個好人，過好日子，需要的是勇氣，而不是機會，機會天天都有。做一個好人，或者一個老好人，改革開放的大潮，才不會走歪、走散。社會是你的，而不是你是社會的，一切，由你的善良和勇氣做起。那麼再令人失望的社會，都能夠歷百劫亦可以復生。

二〇一二年二月

# 溫州一家人

在中國的溫州山裡林間，窮了世世代代的一家人，隨著中國改革開放的浪潮來了，舉家衝出了一成不變的貧困生活，卻闖進了一個未知的明天。沒有受過學校教育的戶長周萬順，是有目的的，一個堅強而熱情的目的——讓世世代代的子孫過起好日子。

可是，生命從來就不是一個穩定的事務，穩定，只是文明的制約或制度造成的，而且會有它自然的韻律存在。那麼，在詭譎多變的大環境中，現實的人間雖然很侷促、很樣板，但是人們想像的天地，卻可以何其寬大、遼闊、深遠……

周萬順一家人，有的時候為了脫貧致富，去拾廢品、搶廢品、賣偽劣的鞋子，甚至生產偽劣的鞋子，後來遭受法律的制裁關在牢裡，他又得到了反省和再出發的活力。沒有知識和經商經驗的一個農民，眼神裡幾乎透露出來一種像動物在尋找食物、商人在嗅聞商機的眼神，從不間斷。

他把九歲的女兒送到義大利遙遠的國度，託在失去聯繫的親戚家中。女兒一去就好像斷了線的風箏，把自己交給狂風，在命運的擺弄中，絞盡小腦汁地去生存。一個小孩在他鄉異國，是很容易在流浪中迷失，或者毀滅的，但是她沒有。兒子呢？想出國，十三歲了，而周萬順不准他出國，父子之間總是意見不合，常有叛逆或者父對子的家暴產生，後來兒子受不了父親恨鐵不成鋼的教育，多次的爭吵、頂撞、溝通、相擁，先撕破了臉，又再度互相關懷、互相諒解。兒子不再被榮華富貴壓迫，只安心與陝北高原上的牧羊女，過著一路爭來、尋找來的幸福日子，在山區小學裡當一名代課老師。

老婆與他本來就有點「貧賤夫妻百事哀」的味道，但是賺錢使他們的關係得到鼓舞。只是真的不是每一個人都應該具備了「乘長風破萬里浪」的勇氣和興趣。萬順的老婆，很希望一家人不要分開，見好就收，但是拗不過周萬順。他屢戰屢敗，她始終相伴，始終相隨，可是最後出現了一段無法溝通的攤牌——去？還是留？她走了，剩下周萬順一個人。全家四口其實都四散在各自的角落，後來，她又回來老公身邊，離不開，一家人的感情太深了，她認了，也更踏實了，她的包容和理解成為他永遠的故鄉，被他緊緊地擁抱了。

其實周萬順這個人，雖說是有一種溫州人特有的熱情、勤奮的個性，甚至是一種夢幻式的樂觀派，但也具備了溫州老鄉裡很常見的一種「賭徒個性」。他的一個決定，改變了全家人的命運——女兒被迫遠行，兒子賭氣出走，妻子離開遮風擋雨的家，一夕之間四散天涯。他是天生的賭徒，幾場創業的豪賭，在沒有市場判斷、沒有成熟的專業下，令他傾盡所有，祖屋、家產和全家人多年的積蓄，全進去了，祭了他的發財夢。他的手氣其實不好，名叫萬順卻萬事不順，他輸過很多次，坐過牢，欠過債，在最四面楚歌的時候，他抬著棺材上陣。這一家人，有的在溫州，有的在東北，有的在歐洲，有的死守陝北的油井，一次次跌落谷底，一次次又重新啟程，他們幾經大起大落的人生，探尋著一個又一個未知的世界，將有限的生涯，寄託於無窮無盡的「際遇」之中。終至——成功（它的定義大概是：不再彷徨吧！）。

而這一家人的奮鬥史，如同述說了過去二三十年，溫州人充滿勤奮不懈的歲月，而且被拍成了電視劇，觀眾看了大都有勵志的感動。溫州人看了不一定是勵志而已，而是普遍有一種共鳴，再加上一些光榮和深刻的回憶。一步一腳印，溫州人已經悄悄地、自然地又邁出第二個改革開放三十年的步子，無可限量地走出去了。

這個電視劇，在中共十八大召開期間，由中央一台黃金檔播出，一路收視率第一到收播，這個故事是高滿堂先生的劇本，演周萬順的是我。我盡力地演出了，也沾光了，繼續加油，船過水無痕。

二〇一三年一月

《溫州一家人》劇照，我演出的角色叫周萬順。

# 生生不息

年輕時候隨著命運的安排，喜歡上了戲劇，先是被黑膠唱片裡的京劇吸引，繼而去演出的現場看，其實運氣還不錯，沾上一輩人時代的光，看到了台灣五十年來演出水準最高峰的演員表演，從他們的年輕時光，生、旦、淨、末、丑，再看到他們的中年巔峰期，彌足珍貴……

又隨著時代的變遷，京劇舞台上的人，愈來愈抽離，甚至快速消失，被迫改行了。讓我們深深的遺憾過後，反而看清了一個問題——大概自古以來，「文化」這個東西，還真不是一個好被人控制的事情，已經不被那個時間裡的人繼續喜歡的時候，往往也就是那個文化要跟大家說再見的時候了，一個文化要跟那個社會說再見的時候，必定是被人們的一種新的文化，或者新的希望所取代，哦！原來這個世界上，每當一個新的幸福要出現時，必定會對其他的幸福形成擠壓？

## 僅有的一切就是「生生不息」

政府想花再多錢，去復興那些文化，挽留它們的步伐，經常是徒然的。生命本身就是希望，新的生命就是新的希望，在這種生生不息中，一切舊有的「文化」，看似被淹沒、淡忘，其實沒有，不會如此悲觀，它們依然安置在看過它們的「人們心中」。當那些已經不再被廣為人知的文化，在以前的許多粉絲或「知心」人當中，得到了安置。如此，在我心中，它們的美麗就更加美麗，它們的哀傷不再哀傷——因為有了新的希望，新的補償！世界沒有停過，一如當年初識戲劇的我，對戲劇的欣賞渴望，沒有停過。說到這，我感恩大陸的觀眾朋友，讓我的歲月不至於浪費和虛耗了。

沒有一門藝術是絕對的，我們原來所喜歡的東西、所愛戀的事物，都不再是「僅有的一切」，隨著時間、隨著生命帶來的希望……都他媽的會被取代，沒有什麼「絕對優秀」，也沒有什麼「不過如此」，這個世界的舞台上，僅有的一切，就是一個來自於天地之間的——生生不息。

所以，回眸一下自己親身參與過近三十年的「舞台劇」……有過創作的熱情，也有過幼稚的錯誤，有過許多觀眾的喜歡，也有過更多該被人知而卻未必被人知道的錯誤。尤其是台北舞台界的各個劇團，過於自我肯定的普遍性，似乎已經形成了一種「觀眾的哀傷」；而自知自覺地願意去揭露自己的不足，讓後來者可以有前車之鑑的文字或態度，其實並不常見。「文藝」這塊領域，缺少了不可或缺的「文藝精神」，卻被商業考量、商業機密給影響的時候，莫名其妙的驕傲與懼怕，都會彌漫在各個劇團中，劇團團主的人心，就容易失去自我作主，而被外界的宣傳和炫耀給惡性循環……不承認錯，誇張地說自己好，容易被批評激怒，總把反省著重在票房而不在作品。自古以來，承認錯誤，分析錯誤，本來就不容易，讓當事人自己說出來，更是不易。

幾個重要的劇團，都快三十年了，創作和生存，變成團主們的一個孤

一八八五年表坊時期的李國修、賴聲川和我。

獨的行囊，每個人必須親自背負。每一朵花，只能開那麼一季，但是花樹（觀眾）會繼續存在，春天繼續來……所以我才敢說：舞台上的那個「僅有的一切」不是某個作品，而是來自於天地間的、互相影響的「生生不息」。

## 學會不自戀自憐是重新成長的開始

不驕、不懼是真自由，多年來在付出的舞台人啊！希望你能夠在坦然付出之後，獲得真正的自由。看戲的人太聰明了，永遠沒有「絕對優秀」或者「不過如此」的演出，只有誠實與不誠實的態度，而已。你們自己看著辦！我不作主很多年了。

生命就是希望，新的生命就是新的希望，它們學著以前的一切，去推翻以前的一切。已經開過的花兒們——學會不自戀，或者不自憐，是重新成長的開始！不管是幹什麼的。

請各位文藝界的菁英朋友，或者我認識的朋友，一塊手拉著手，吃碗餛飩去……

我們之所以會形成親密的關係，在於多年來真正的分享，而不是批評。分享歡樂，分享艱辛，分享痛苦，分享哀愁，分享思辨，分享憤怒，分享寂寞，分享錯誤，分享……

二〇一三年六月

# 活法

我現在正在中國青島拍一個電視劇，劇名就叫《活法》，顧名思義，是想讓觀眾看到一些人活著的方法，或是說：活著的態度吧！

劇情大意是說一個退伍軍人，下海從商，在兵不厭詐的商場做了違法的事情，被判入獄，下獄前把妻女委託給我這個同僚。我被他在戰場上救過一命，所以就承擔下了照顧母女倆的擔子。而我自己是一個離過婚帶著一對兒女的單親父親，後來朋友在獄中表現優良，爭取到提前出獄，只關了十三年，不短的十三年。

聽來這故事應該還可以。劇本如果寫得好一點，似乎是可以看到各種人的各種活法……其實不然，基本上這個劇本寫得是「四分五裂」「一盤散沙」！但是大家都接了這個戲了，是不可能言退的，整個劇組就是離了弦的箭，可是飛行到了五分之一，就幾乎同時發現，目標不見了！

一個戲的目標不見了?!演員就不容易駕馭角色了，甚至覺得失去了自己的價值。互相扶持來共渡難關吧，可是這又不是每一個演員擅長去做的事，當演員在演著演著，演到一半，找不到目標來引導的時候，自己會慌張，又無助，因為劇本停下來修整是不可能的，只能透過演員自己的體驗，現場拍攝途中做一些微調，或者在演出每一個片段的時候，盡量讓角色像一個人，而非行屍走肉。像一個人，或者像一個人在說話，其實不難。可要整個劇看完之後，讓觀眾能看到一些人活得很精采，很痛苦，很快樂，很沉穩，乃至於看到自己應該要怎麼活，那這個戲是辦不到了。你總不能告訴觀眾：我們辛苦拍了三個多月的戲，叫作「一盤散沙」，真的很散，散到好像都在各顧各的了，演員演自己的，導演導自己的，攝影師忙著指揮燈光，安排攝影機的位子，只拍自己的，不出什麼明顯的大錯，就過，就行。拍到今天三十天了，我看著青島的海灣，要是再年輕幾歲，我會二話不說，跳進海裡，一路游回台灣去——氣的！

《活法》劇照。

現在不能賭這種氣了，知道賭氣沒用，氣死了是驗不出傷的，那就跟大家相親相愛吧！反正編劇也失蹤了，導演說，他就算不失蹤也改不了什麼的。這戲還沒拍完，彷彿已經看到價值比較的下風了，以後上片開播的時候，還要回來宣傳，宣傳一般只能說好，沒有人會說如何如何不好的！那怎麼辦呢？到時候搞失蹤嗎？不行，這不是我的「活法」啊！

在台灣你不高興就罵罵人，罵領導罵官僚都沒事，這裡不行，這裡是相對缺乏幽默感的地方，你不小心幽默一下，而且還是在媒體上，是會倒大楣的，所以要與人相愛，要彼此肯定，拍出來的活法到底活不活是一個問題，私底下、生活中、工作中，各活各的又是另一個問題了……看到青島地鐵的工地當中，高掛著兩句鼓勵工人的標語：「勇於爭先」「永不滿足」，始終覺得，鼓勵性並不大，後來看著看著，如果把「於」和「不」兩個字互換一下位子，嗯！就很真實了。

神啊！願我們時時感覺您的同在、您無止境的榮耀。讓我們的世界，因信心與堅毅而常有光明；也讓我們的生活，藉著某些編劇的胡亂編造，而奉獻出連我們自己都想不到的芳香；也願我們的觀眾朋友，以及周遭的同仁，他們的生活、他們的世界都充滿著您所賜予的光明，流溢著這些在異鄉的演員們，鞠躬盡瘁死而後已的一種芳香。願我們，時時感覺，彼此與大家，同在！每次這般冥想完，「殺戮」之心就會消掉很多。

智慧如救火，要點在時機。在電視劇裡，一般是點不著……慚愧……電視劇裡的「讀萬卷書」，往往只是讀到摘要或讀結論，「行萬里路」，只是坐上飛機，沒有經過沿途跋涉的辛苦。

以上，只是我今天晚上的心情與念頭，而已。

二〇一三年九月

這戲也記錄一種「活法」。

# 喜劇真難

在去年的一年中，浙江衛視所舉辦的《中國好聲音》，收視率極高，給觀眾帶來了很多新鮮、刺激而又有想像力的視覺、聽覺快感，算是電視綜藝歌唱的好節目。

可能是成績和影響太好，所以《中國好聲音》的班底，就想依著前次的舉辦經驗，乘勝追擊地來辦一次《中國喜劇星》的節目，找了四位評審老師，其中一位是我。新的麻煩來了，原因是社會上會唱歌的人，一定比會演戲的人普遍，所以在每一個小角落裡都能聽到幾個偶爾歌唱得不錯的人，但是很難看到一個人在酒吧裡或社區當中表演戲劇，尤其是喜劇，如此一來，海選的人數肯定就少，先天上缺米，就很難為精采之炊了。但是不去也不行呀！已經答應人家了。

看完第一次初選的學員，表現出來的喜劇，都是「訓練不足」「勇氣可嘉」，而又可以被期待。所以點評起來，要絞盡腦汁地說出不傷人、又鼓勵人的厚道話，而且得是真話，因為觀眾的眼睛是雪亮的。表演得很幼稚又不成熟的學員，你可能要先讚頌他們是「大人者不失其赤子之心」；表演得亂七八糟、章法不清的學員，你可能會說他看起來精力充沛，情緒高漲……起碼這也是一種喜悅等等；表演得讓人完全笑不出來，甚至到看不懂的地步的學員，你先要吸口氣，沉靜下來，告訴他在表演的時候，「肯定自己」是很好的，但是更要顧及看你的人，或欣賞你的人會怎麼感受？表演得只求快點結束而又囫圇吞棗的學員，雖然你恨不得站起來再演一遍給他看，但是你還是要稱讚他「完成工作不容易」，關心地問他：「實現一次自我排練和創作辛苦嗎？」

還有一種人，表演完了很平靜，從頭到尾沒人笑，他好像也了然於心了，很認命地站著等你評，你一定要微笑地先謝謝他「心無掛礙」地完成了表演，「您這種接受命運的態度，真是人生很大的一種啟發」……等等評審老師該說的「真話」。

演員都會希望自己所演出的東西，被人看懂，被人喜歡，但是有心栽花花不開的現象，有的時候也會很多，所以包括老演員在內，至今還不會演喜劇的也不在少數。想學演戲的年輕人不少，也不多，學得順利而又能成家的人當然相對地又少了一些，都想突出，都想成名……但是，「佛渡有緣人」，電視、電影並不是每個人都可以去學習學習表演的地方。

演員對自己表演能力的瞭解，一個個階段都要清楚地知道，你的表演內涵是真誠的，還是已經熟練到可以不需要瞄準就放箭，前後兩者都可以找到問題，也都可以避而不談地混下去。

「喜劇」，自己都還在摸索學習，就要當評審，真是一齣正在發生的喜劇……老實說，只要你有辦法讓人笑出來，你就已經靠近喜劇演員的邊了，所以滑稽是喜劇的特質，懂得製造滑稽的人，就先掌握了喜劇的能力或節奏，哪怕是在胡鬧的場合表演，也會被懂喜劇的人變成欣賞的意興。

而幽默，就好像是以不正經的態度，去看待一本正經的事務，以故作輕鬆的心情，去接受本來嚴肅的事務，故意用偏離主題去打破定見、打破陳規的歡娛的觀點，去重新詮釋這個紛紛擾擾的世界！讓人看到「輕鬆」「輕快」「舉重若輕」。

喜劇——太難了。它反映的是一種自由自在、輕鬆有餘的狀態與心情。好的喜劇演員再累都無所顧惜，因為提供別人喜悅，是讓自己更快樂的事情，它沒有委屈，也不是什麼「小丑的辛酸」……我就是隨口說說。

二〇一四年二月

在浙江衛視擔任《中國喜劇星》的評審老師，度過了難忘的四個月。

## 掌聲響起

承蒙浙江衛視厚愛，擔任《中國喜劇星》的評審導師，度過了難忘的四個月。

節目組製作團隊算是很強大的，也花了不少錢聘邀了四位導師，拿人錢財與人辦事是其一，為了觀眾、為了自己的服務態度是其二，這一跟二加起來，焉有不盡力配合，不效犬馬之理？也是因為自己真的付出了，所以最後一集錄製時，也是百感交集，好的居多。因為參加比賽的年輕學員，太可愛了。可愛的原因很直接，因為他們讓你覺得，他們太應該被過來人愛了。回到台北，又到了陰沉沉的雨季，撐著一把老忘了換的破傘，往來於新店的住家和小碧潭地鐵站，腦子裡還是想著片片斷斷《中國喜劇星》的參與所留下來的一些後續，什麼後續？

賽完前半小時，我要帶領十幾位我的學員，唱一首鳳飛飛的《掌聲響起》，用聾人手語來唱，大家都是跟手語老師練了兩個小時吧，現學現賣。鳳飛飛其人，其歌，其時代，其影響，在那些人當中，應該屬我知道最多！因此，感受也最多吧！

獅子座的她，在舞台上的歌舞表現，尤其是歌，唱起來輕鬆、輕快、舉重若輕，卻又情感豐富，令人觸動。她很本土，也很大器，很拘謹又很熱情，在歌壇規規矩矩了一輩子，在大約的高峰期（她高峰期很長），出了《掌聲響起》這首歌。她每次唱這首歌，我都覺得她像是一個完全付出過的大姐，為了家庭也好，為了唱歌的努力也好，為了感謝老天也好，為了答謝觀眾也好，都顯得得體而幸福。真是非她唱才好聽的一首歌。

我好像有十幾年沒再聽過她什麼歌，這次為了表演而排練的聾人手語歌，更「妙手生花」地豐富了《掌聲響起》的視覺效果……「好像初次的舞台，聽到第一聲喝采，我的眼淚忍不住掉下來，經過多少失敗，經過多少等待，告訴自己要忍耐，掌聲響起來我心更明白，你的愛將與我同在，掌聲響起來我心更明白，歌聲交會你我的愛……」手語練得稍微熟練之後，感覺就更出來了。

以前我不覺得我可以唱好這首歌，這次站在舞台上，身後又有圍成一個扇形的十幾位同學，統一穿著黑西褲、白襯衫、黑吊帶，都是參加過這次比賽初選、複賽，一路走來的學員選手，隨著鳳飛飛飽滿的歌聲，美麗而感人地把大家的心情都呈現出來。導播問某些同學為什麼不開口唱？同學說：「對不起，我是快哭出來了，是為了忍住，才只動手語……」我才更感受了這些選手，這些年輕的舞台戰士，這幾個月來的閱歷和成長，像魔鬼訓練營，如今結訓，要離開了，即將投入不知名的另外一個戰場，再度地去成功、等待，抑或失敗。因為這些同學，因為我自己的參與，也因為《掌聲響起》這首歌，再度使自己覺得，人生就是一連串的挑戰自己，尤其是年輕人，要有思想準備，要勇敢，要懂得求助，要懂得讓自己保持一個輕鬆的心情去應戰，要懂得在困境中「苦中作樂」，因為路途遙遠，所以要做好計畫去進行，永遠讓自己在精力充沛的時候出發，在筋疲力盡前躲起來休息，要堅韌不拔鍥而不捨，要一計不成再生一計，要打不過就跑找到救兵再來，要懂得捲土重來……要「行於所當行，止於所當止」。
那麼，掌聲響與不響，響多久？為誰而響？就都不重要了，因為你大概已
經是「從心所欲而不逾矩」的老兵了。

二〇一四年五月

# 幕後人生

# 演員如果是一朵花

去年的冬天居然下雪了！台北、新竹，兩個我住的地方，都下了，關西的山裡下得還挺多！我喜歡在關西的山裡住著，天天在經歷在感受著山中的天氣、風景和甜的空氣，說不好聽話，抽菸都覺得好值得！去年冬天在山裡頭冷得活該倒楣，因為早該買好禦寒的電器我們沒買，老覺得就這幾天冷，一晃就過了，結果冬天特別長！長也過去了，最近的天氣是台灣標準的春天，春天總算來了，在繁茂如百花齊放的春天山居裡，生活很忙卻看不到忙了什麼。工作很多，多到做不完的，那就每天都能做一點是一點。

看起來很單純的生活，要注意的事情可是天天都有的，住過山上的人，和城裡過日子的人體會是很不同的。在山裡，做事歸做事，割草歸割草，腦子裡依然會經常飄出生活和工作的回憶和檢討。說得大一點，就是在自己的工作世界裡，或者說是藝術創作中，這麼多年……我是什麼態度和心思。

別的不說，年輕入行的時候，我就沒真的去期望自己的作品會是一個時代性的，或劃時代的經典之作，我始終覺得與其那樣，還不如要求自己的每個作品、每次的表演，都能達到讓觀眾真正值得依顧的水準來得重要，就這樣，一輩子都快走完了，好戲也演得不多……得過獎沒有？當然多少得過幾個，有七八個獎大概，可是台灣的媒體都不知道，因為我不習慣去說它們。演員如果是一朵花，我只能全心全意地綻放自己，綻放成可觀，綻放成美滿，綻放得完全，綻放得人家寧可看你的電視，而不看別人的電影，其他的不去期待。是難得的冬日雪？還是春天裡的花？不想它的定位，就是往前演，往前演，演到水窮處……就算得到一個大獎，或者多精采的作品，多讓人喜歡，對我這個花一般的生命而言，反映的不過都是偶然的機緣，偶然地被看見，偶然地被摘取，偶然地被供在案頭，偶然地……而我早就回到自己那片原野上去了，去變成另外一朵花……讓觀眾去斤斤計較，我開的哪一朵花才代表我的春天，哪一件作品才擠進了時代。

最近幾個月，大量接戲的情形緩慢下來了，也不是為了有一個更精密的思考，不知道為什麼，戲硬是被自己推掉好幾個。無形中，在山裡感受了春天的溫暖，生命的美好，當然也有慚愧，只是沒有勇氣老去想它。

天天跟內人在山裡，想念著孩子們，只要我不亂跑她就心安，還真是不離不棄。一次次地面對孩子們的變化……他們都學會了用沉默來修正我對他們的管教，用愈來愈有道理的話，來告訴我他們都長大了，來教會我要如何重新地去面對他們、欣賞他們，而我，在他們眼裡，早就不知道是什麼了。可是我從來也沒替他們擔心或者捏把汗什麼的，大概是老婆管教真的有方。

雖然今天說的是冬天下雪啦！春天來到啦！山裡快活呀！工作反省吶，甚至家人如何啦！其實我還是在講自己的工作像朵花，有時在冬天開，有時在春天開，當然四季都有花開，只不過我這朵花開了之後的命運和感受到底是什麼？花在花市裡，或許是論朵、或論枝、或論盆賣的。但在春天呢？論斤買得著嗎？即使是花也不是為了被賣而開的。好花只使自己綻放、綻放，成永恆（雖然我不知道永恆為何物）。

反正就是說，演了一輩子的各種戲和各種角色之後，你知道了美好的作品，使創作它的人的心靈，經常在創作的過程中，彷彿接觸了永恆，甚至體驗了永恆，透過被觀眾欣賞的活動，充滿了欣賞者的心靈，成為永無止境的分享、喜悅。這算什麼？要怎麼形容？老話說：復駕言兮焉求？（陶淵明《歸去來辭》）

還有，我家的一公二母的雞，最近小雞也快孵出來了，兩隻母雞一起孵，安安靜靜地用它們的體溫，二十四小時地，二十一天地，輪流孵，現在是一起孵，我們都在等，等新的生命們破殼而出。

二〇一六年六月

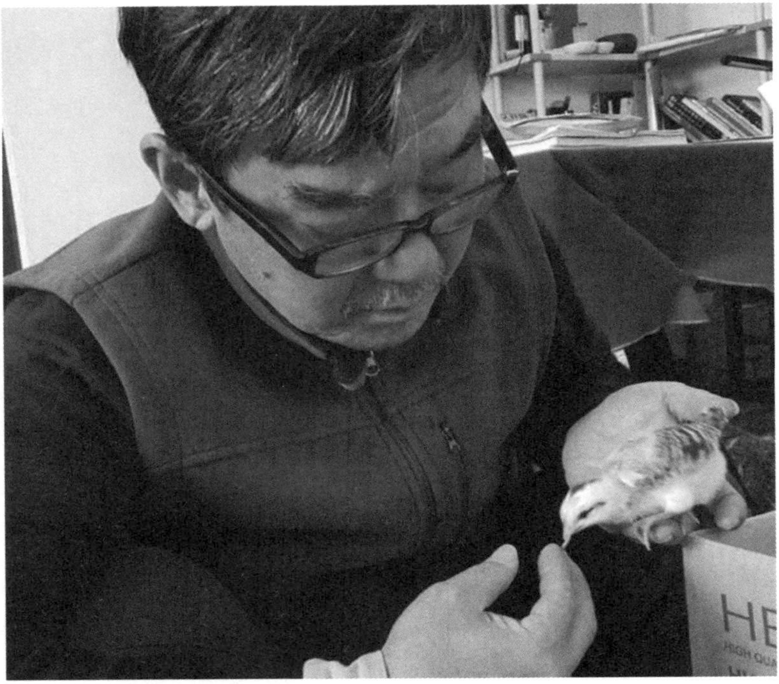

山居的家裡，家雞孵出來的小雞

# 靜享沉思的深遠

有個朋友，甘肅人，三四十歲就跟有經驗的過來人學習經商，可能是因為大環境，也可能因為商場一向就如戰場，才四十多歲就很厭倦生意場上的文化氣息。這兩年，很少出門應酬，但依然有免不掉的應酬存在。

他從年少時候就愛動，「愛動」的意思是常打架，剛開始在村莊裡，一沒槍，二沒把像樣的刀，就憑求生的勇氣與磚頭。身上背著個包包，裡面放兩塊布包過的板磚，就是他的出門裝備，不知道拿板磚拍過多少人。牢裡也蹲過，居然，痛定思痛去了大城市上海學做生意，商海浮沉，看了不少，錢也賺到一些。

這兩年，是環境，也是他個人的努力，生活愈來愈靜了下來，去北大插班念唐詩宋詞，念史記易學。初中都沒念完的他，四十歲進學校念經史子集，也念進去了，愈來愈進去，跟他聊天就感覺得到，感覺到他像個古人，或者說像個念聖人書的思維了。他說，安靜下來也愈發地覺得安靜的改變好大、好大。整個價值觀，生活的狀態都也穩定走進了一個更文明自我制約裡，變了，但是變得比較自然而有其韻律了。未來他會一直這樣嗎？無法預測。

我也需要安靜安靜了，而且還滿需要的，前兩三年太忙了。今年初，在新竹的關西山裡面，自家的山間小屋住了有個把月，每天睡到自然醒，渾身筋骨愈睡愈疲倦，不是因為睡得太多而產生所謂的「久臥傷氣」的狀態，而是前幾年有多累，現在顯現出來了，身體自然會找我算總帳。中午起床，老婆早已黎明即起，菜園子裡忙一兩個小時了，渾身是汗，進門洗了澡。屋裡室外的空氣都是甜的，吸到肺裡，捨不得吐出來，吸滿了再吸、再吸，讓甜美的空氣，在我可憐的吸菸的肺裡多停留一下，再多停留一下，然後心存感謝地把濁氣吐出來。如此躺在床上做了有十幾二十次，覺得人又活了，精神也來了。才能下床。

看到妻子麗欽，她臉色更好，很高興地把早上由地裡拔回來的菜拿給我看。因為是自家種的，我也總是覺得好看，兩個人就高興地炒菜，吃菜。下午，太陽還不小，我拿著一把小鐮刀、一把大的長鐮刀，先在後院的鵝卵石上磨得很利，戴上手套，去割我們後院的草。我們後院有兩個籃球場那麼大，說大不大，說小也夠我一個人鏟不完割不完的了，割完的草分散堆著，兩三天就曬乾了，堆成一塊，燒！

看起來很忙，卻可以邊做邊沉思下來，我不是想要安靜安靜嗎？這就開始了。所謂沉思，大概就是在生活裡、做工中，允許一種自我開放存在、自我對話會發生。當我們向某一個對象說話的時候，我們的思緒跟表達，會受到對象的影響而形成某種限定，某種溝通的限定。但是當我們自己獨處在靜默中，那種自我對話之際……在自己，不是自己，是自我挖掘、自我開發、自我回憶、自我尋找等等，所以就愈談愈深。現在才剛開始，希望有一天能鑿出一口井，新的力量會源源而出，當然這只是一個妄念，別想那麼多，與世紛爭和與人溝通的限定消失了，就不錯了，就等那點自我開放了。

所以在關西的家裡，可以讓我安靜，靜默中有沉思，在沉思中有了喜悅。在喜悅和非喜悅之際，又拿出藏了多年的弓與箭，修好箭，擦好了弓，在後院不疾不徐地射起來，一支一支，一打一打，射到黃昏……

二〇一六年一月

# 山不在高

我大概是從一九六四年開始，住進了當時還沒有拆、而且眷村文化正是台灣主流時代的「四四東村」，直到海專畢業，由青少年到二十三歲，都住在那兒。所以我主要玩耍的地方，除了空曠的台北醫學院，就是後山坡上的炮兵營，再就是影響我很多的「松山寺」，坐落在如今的台北吳興街深深小路內的山腳下，我們眷村當年的後面。

寺裡的點點滴滴我還知道不少，在廟裡長大的，這麼說不誇張。寺廟裡的生命活力如何，當然是看寺裡的人怎麼生活，怎麼修行，怎麼去維持公有的秩序，怎麼維持經濟的來源……當然，還有全世界都甩不掉的——人際關係角力戰。

建廟初期，就像古來許多名剎的初期，總是有修為很不平凡的出家人，安身立命在那兒，帶著一些同修或弟子，天天用功，逐漸地「超凡入聖」，甚至進入「聖凡不二」的崇高境界。我沒有參加他們的修行功課，我只是幾乎天天都會去報到的一個眷村小孩兒，玩也在那兒，聊也在那兒，有時還能吃也在那兒，更經常會帶著書到那兒去看，準備學校的考試。通常看書是最沒效率的，多半是玩，跟看著各種香客的來來去去，溥心畬的身後佛事，讓我看到一些皇孫的貴族，主持人道安法師，如何跟小孩兒和附近的百姓相處，如何在夜裡跟台大的學生們在大雄寶殿念經、講經。各地的出家人，有乘公車來寺裡的，有轎車接送的，也有自己騎摩托車騰雲駕霧一般趕來寺裡參加佛事的，做完佛事，分一分自己該有的錢，辛苦地趕回出發地或是自己的房間休息去了。

形形色色的出家人，經常在我身邊走過，看過他們快樂地念經，也聽到他們心中的迷惑。比在家人的迷惑更真實？或者更虛妄？他們也像一般人一樣，在自己生活的舞台上，像一道影子掠過，無人知覺的影子，哪怕哪一位高僧已然成了佛。如今，我離開了「松山寺」很久了。

二十六歲那年，我還沒有正式當職業演員，在朋友開的一家二手汽車店打工。一天黃昏時分，進來一位出家人，四十多歲吧，化緣化了一天，進來要杯水喝。我和朋友兩個人立刻禮貌招待，出家人精神很好，喝完水開始聊佛教的事，朋友聽得入神。第二天朋友就開著自己的小車，按照出家人留下的地址，去新北市的深坑再進去的平溪山林裡，拜訪這位出家人。後來他只要有空，就開著小車去山裡拜見師父聊天談佛法，甚至皈依。和尚讓他守五戒，過了一個禮拜又去了，老法師問他五戒守得怎麼樣啊！我朋友說：全破了。和尚大笑。他們倆成了師徒，也成了好友。有一回朋友帶我一塊去佛堂玩，老和尚親自煮麵給我們吃。我一看那袋子裡的乾麵條，發滿了綠色的黴，我說：「哎呀！師父這不能吃了。」師父立刻打斷：「可以，可以！」就把麵條往開水裡下，我眼看著那黴，一會兒就自動浮上水面。不久，白淨淨的麵就煮熟了，半點霉味也沒有！原來發霉的麵條是可以吃的，他煮了一鍋早上拔的竹筍湯，我喝了一大碗，說不上來地好喝！大概是新鮮。後來我就沒再去過那佛堂，那山裡的一間小屋。

鏡頭一轉，二十年沒有音訊，我朋友也和老法師失去了聯繫，各忙各的。有一天，我朋友跟我說他又聯繫上了老法師，現在搬到台中去了，廟變得好大，在埔里。這位法師的影子變大了，好大，他的法號叫「惟覺」。

那慈悲的容顏，四十來歲，曾經和我們回眸轉顧。

他和我朋友的相知，貴在知心，我，曾經旁觀，一如在「松山寺」。

二〇一三年二月

# 玩兒嘛！

小時候的玩具大都是自己做的——用筷子組合出來的橡皮筋手槍；用冰棒的扁竹棍做彈簧刀；用筆管做吹箭；還有木刀、木劍。頭上戴個柚子皮，拿著自己做的木刀，在自家巷中巡邏，也好不得意！偶爾，自己做做弓箭，只要一做好，拿在手上一拉弓上箭，大人立刻就會警告——危險啊！可別對著人！

到了三十歲那年，不小了，早就當演員了，有一天在南京東路的一個地下室，見到了室內射箭場，設備還算挺專業的，也有教練員義務教人基本動作。糟糕了，小時候玩的弓是很幼稚而且不能真拉真射的，現在看到別人可以在自己眼前吸氣、拉弓、瞄準，噔的一聲，箭已離弦，兩呎長的箭，竟然射進草靶一半深！好來勁啊！立刻，拿在手上試試看的弓就不想放下了。別人也教，自己也問，包括選磅數合適自己練習的弓，什麼牌子的弓有什麼特點，價錢如何，自己學做箭、做弦，調整弓具，幾乎每天都去報到，練習一兩個小時，甚至一下午才算過癮。

小時候的玩具雖然回味無窮，但缺乏精緻，所以吸引不了自己太久。長大了，工具進步，條理分明的弓箭，加上熱情洋溢的我才三十歲，漸漸地，「弓箭與我」的一種特殊關係，在自己生活裡也有了些作用。

「瞄準」是射箭所有的開始，「放箭」是射箭的「結束」，箭到了靶上，是大家最關心的，其實是最不重要的，因為已經是不可改變的了，是僵化不變的十分、九分、八分或幾分而已了。起初不明白這個概念，只是一個勁地希望求準。所以把弓和箭的條件，提供到最高端、最精緻，從靶上看起來是「滿天星」（到處都是箭）的成績，漸漸縮小了圈圈，變成一打箭十二支都愈來愈集中。集中到一定大小圈之後，就很難更上層樓了，原因有很多，最大的、最後的因素，還是自己的狀態。

第一箭紅心，第二箭紅心，第三箭又是紅心的十分，三個十分下來，第四箭還沒拉弓呢，心頭就開始亂了，得失心、要強心、自卑心、精進心，各種擾亂你平常心射箭的念頭，不請自來，一個接一個，弄不好一下午都掉進這種跟自己較勁的所謂「追尋完美」裡，很痛苦，想要心甘情願地「瞄準」，心甘情願地「承受」，不苛求工具，就檢查自己，很難。但是射箭的樂趣，非得那樣才會失而復得，反正我們是被專家級的教練教過，基本動作沒錯，也都依著道理而行，可是想要達到不懼亦不喜的平常心，把射箭的目的，只當成是一心一意地瞄準，然後把箭放出去，讓它自由飛翔而已的事，那就真是一種快樂了。

隨心箭！隨心所欲而不逾矩的箭，把它跟生活和工作扯在一起，把生活和射箭當成藝術來處理。所以不射則已，一射就要投注全副的熱誠，以求不聒噪，或不被聒噪影響，而見到一片——安靜。對我來說，射箭和生活如果能夠這樣，那就是一種「追尋完美」，說白了，就是希望有一天，能射中自己！

二〇一二年十月

# 此生常保「生趣盎然」

我五六歲的時候，看到村裡有些小孩有三輪小自行車騎，就覺得太美了。雖然比大人的慢，但是比我們走路快，已經有「騎」的意義了。那個羨慕啊！到今天若是看到一個夠大的，我都想騎騎。記得我小時候有一次，某一個小孩兒的小三輪，終於停在一旁沒人騎，也沒人看守，安安靜靜地就停在那兒。我確定了一下，毫不猶豫地就騎上去了，在附近不出十米的地方，自由自在地騎了一下，不到一分鐘吧！車主從屋裡跑過來把車要走，理所當然，我也面帶慚愧和感激，連對不起和謝謝都還不懂得說。

車算騎過了，癮也算過了，印象深刻，只在於騎車的一種樂趣被滿足了，雖然之後好像就再沒機會騎過，今天在巷弄中看到小孩兒有三輪車騎的，我都會覺得他好幸福。感謝那位小弟弟原諒了我擅自騎了他的小車，讓我充滿喜悅了一次……後來當我的小孩兒才一歲半時，便有了他自己的小三輪可以騎，手上還拿了一把我為他做的小木劍，照片都有……不好意思問他還記不記得是什麼感覺……因為兄弟倆現在都是劍道教練了。

我上初一的時候，是一九六四年，當時物質生活依然匱乏，我必須倒兩趟公車去上學。有一天放學的時候，一位有自行車的同學顧海湧，把車借我騎，其實是借我學，教我，扶著後座給我騎的，因為我連一半都不會騎，就是連溜著騎都不會。也許是機會難得，也許是怕辜負人家的好意，我上了車才騎兩步，就專注無比，他只扶著我不到十秒鐘吧，手就鬆開了，人也不跑了，就在後面叫：「你會了！你會了！」我一下子覺得，這就是會騎車了？會騎大人的自行車了！真是太幸運了！我會騎車了！春天來了！說著說著，不會轉彎的我，剎了車人就落地了，沒跌倒，算是軟著陸，又給我興奮地騎了幾圈，會轉彎了，莫非是天晴了？樹上的鳥叫聲都跟著繁雜了，我的春天算是來了。

當天，媽媽就擠出一百塊錢幫我買了一輛二手的二八車，算是比較高的，可是我不會溜車，所以自己上不去，每次都必須扶著一面牆或電線杆或郵筒，才能慢慢地讓自己騎上去，手一放，腳一踩，就走了，第二天我就騎著去上學了，充滿喜悅和驚險的一天，二天……半個月以後，我算會騎了，也開始了四十多年的騎車生涯。

一直到當兵退伍，我自己的交通工具就是自行車，沿途欣賞風光，跟三五好友郊遊，下雨淋得落湯雞，在風雨中穿著雨衣前進，疲倦卻又要拚命地趕時間，車壞了停下來自己修，修不好又滿頭汗地推到有修車的地方。體力和心情好的時候還跟同學賽車，雖然我總是輸，因為車子不夠好。贏的同學總是騎會變速的「跑車」，我還記得贏的那位同學，表情是充滿了得意和喜悅，就像賽馬賽贏了的表情，飛揚而過！

充滿喜悅回味的騎車生活。我很感謝媽媽總是支持我，滿足我，給我許多次新的開始，我也還騎車載過媽媽、姐姐，快而輕鬆，又小心地載過她們。

如果說換車是一種喜悅的話，那麼有一輛新的「跑車」讓我騎，那就是莫大的喜悅了。十八歲的時候，具體是哪一年我忘了，媽媽給我買了一輛新車，有後面三個齒輪的，算是內三飛了。不是英國產的，但已經可以了，當時本土的自行車還遠不如歐、美、日，但是可以了。騎著新車，好像過去那種偶爾會有的倦乏和沮喪，都會隨著風流走，只剩下我和我的新車，也不在乎別人有沒有注意，也不在乎公車是否擋路，就連邊騎邊想事情的時候，都覺得它好像是活著的。空下來就擦車或洗車，愛它簡直如愛馬，一下雨趕緊跑過去牽它到淋不著雨的地方。唉！當時怎麼不給它取個名字呢？要是取個名字，說不定只要對著它說一聲請進，它就自己會進到屋子裡來……

此生別無所求，若能常保「生趣盎然」，足矣！

二〇一四年一月

# 西門町

西門町一百年前很小，現在很多人很多店，還是很小，因為，一直以來就很熱鬧，所以就永遠不嫌大。一九五七、五八年時，台北「中華商場」還沒建呢！我曾隨大人經過，有個賣西瓜的「西瓜大王」，生意極好。不久之後，小孩兒的我，聽大人說西瓜大王的老闆，一夜輸光了家產。

一九六〇年，印象裡，當時的圓環有個遠東戲院，是台北最高級的電影院，隨大人去看電影，在晚上等十九路公車回三張犁，車站旁邊還能抓得到螢火蟲。很快地，西門町出現了一家新生戲院，那年頭，小孩沒錢看電影，在收票口，趁著擁擠，抓著一位陌生大人的衣角，蹭進戲院，看一場免費電影，是經常會被原諒的事。那年頭連酒後駕車都是一種瀟灑，因為有車就不錯了。

我九歲，三年級，在新生戲院看過《迷魂樓》、《豪勇七蛟龍》、《萬夫莫敵》，都是蹭進去的，感謝那位幫忙的大人，還有明知故縱的收票員。還記得在看《迷魂樓》這部電影時，九歲的我，被嚇得自動站起來，本能地往後走，在樓梯走道上一看，所有觀眾都坐得好好的，安靜地在看，我自動又坐回去了。又可氣，又可怕，又好笑，一個九歲的小孩單獨的感受。

有一年，台北「中華商場」已經蓋好多年，生意興隆，地形特別，所以成為去西門町的人，必然容易順便一逛的地方。大概是四十年前，新生戲院大火，燒死不少沒有逃出的人，火勢之大，對面的「中華商場」，都拚命在給自己澆水；我的大姐，目睹了那場大火，回家來，腿都還有點軟。後來它被重建，頭幾年，還聽人說裡面會碰到「阿飄」，現在應該沒了。也不知道從什麼時候開始，西門町又多了萬國、樂聲、國聲、日新、豪華戲院。國際、紅樓、新世界、大世界，算是老的了，還有兒童戲院，裡面還演過話劇。豪華戲院在即將投入西門町電影街前，曾經大力宣傳它的首演片，我還記得是《長船》，宣傳實在是太大了，電影看完了，真不記得什麼。

十八九歲的學生時代學會逛街，不買光看，很多資訊是看來的。看過黃牛賣票，看過色情皮條客拉膽小的男人進黑店消費，看過三四十歲的外地軍人穿便服打架、警察來了全都跑人的神情，看過多少還留著西裝頭的男人，帶著穿旗袍、洋裝的女人，在西門町劃過。多少人匆忙地在等最後一班公車回家。

我上海專時，海專這個學校也不知道為什麼，總是會跟別的學校起糾紛，所以西門町就很自然地變成戰場，我都碰過兩次。最大的一次是和開南高工，他們離西門町近，我們還得靠大南巴士，一班一班地從士林蘆洲方向往北門運，可是先放學先走的，就必須從北門到西門町，以寡擊眾，且戰且走。我下車的時候，西門町已經充滿開南高工的學生，綠色的制服，一波一波，讓人想起了，革命軍大概也不過如此。海專是從不示弱的，抄起巴士上的掃帚，預先藏好的棍子，由學長帶頭，殺進，殺出，那種威風，真叫一個「年少無知」啊！

在西門小學旁邊的巷子裡，有個推三輪車來賣甜不辣的，很多海專的學生，把它當作逛西門町的第一餐，它若沒出現，我們都很悵然。同學們在西門町花錢最多的，當然是看電影和坐咖啡廳，到「中華商場」訂做衣服、買鞋子，或者挑選新上市的「袖扣」「唱片」。在賣刀子和賣銅幣的一些商店徘徊，這棟逛完了逛那棟，最後逛到西門町中心地帶，找個地方坐下來，看女生，順便也讓人看看。

我算是很不常逛西門町的，要去，多半是去文藝中心看京戲。從十六七歲就開始花錢看戲，把當時台灣最好的、各劇團的演員都看遍了，從年輕看到他們中年，再從中年看到他們退休，我也就不再去那個地方了。因為傳統戲曲，完全是看演員，精采的演員不在台上了，觀眾也就散了。換句話說，今天如果還有像梅蘭芳、余叔岩、金少山、楊小樓、蓋叫天那樣棒的演員，那法國人都會坐飛機來看的，因為精采。

當年的西門町萬年大樓剛蓋好時，也曾經是一個亮點，算是人潮擁擠型的地方。它每一層樓的買賣不同，有百貨公司，有中餐、西餐廳，有歌廳，有電影院。每一層樓還有它的名稱，我最常去的是四樓麒麟廳，專演京戲，票價不貴，還分下午場、晚上場，下午多半為武戲，我愛看，而且老外也愛看，每位還附送一杯飲料。經常看了一半，一遊覽車的外國人被帶進場，看了二三十分鐘，又站起來走了，剩下我這種少數死忠武戲的本地觀眾。

當時有一個出身大鵬劇校的演員叫「筱飛雲」張富椿（如果我沒寫錯的話），他的功夫就是在麒麟廳每天下午的認真而賣力的演出中，大有精進，更上層樓；可惜這麼好的演員，也凋零了，真感謝他曾經讓我崇拜，讓我體會到什麼叫作「戲台上等於是半個少林」的老話，我覺得奧林匹克的墊上體操選手，動作都沒有他好看，沒有他過癮，沒有他美。而他還不算武生行當中的大家，我都迷死了。

現在的年輕人，經常用西門町的街頭，來展示他們的才藝，當然是好事。但是要經常去，不能只當成一種商業宣傳或者隨意亮相而已，會可惜了，要經常去，努力地、盡情地、細水長流地去利用那個地方的人潮，玩出自己的本事，玩出西門町的文化記憶。有太多太多的成長回憶在西門町，文藝中心來看戲的觀眾，有張大千、張群，老一輩的許多畫家、名人……文藝中心三樓有個咖啡廳，經常看到一些當年有名的詩人，在聊天抬槓。四樓有畫展。

前些年，西門町已經從上世紀九〇年代沒落了一陣子，被北市新興起的東區，快速地取代。但是，了不起的是，西門町的商家們，意識到這個問題，群起有組織地反省、思考，試著重新構思一種規劃，來美化西門町，改變西門町，進來了許多好的百貨公司、美麗的小旅館、亮麗的小商店，便捷的交通優勢，二十四小時的生活狀態，漸漸又將要打造出一個嶄新的西門町，來迎接一代一代不同的新人類進去消費，留下記憶，製造記憶……西門町，任誰都曾經喜歡去，又被淡忘，但是終究又會回來的一個台灣人形容不清楚的——浪漫地區。

二〇一二年四～五月

# 鐵杵磨成繡花針

我小學五年級的語文課，有一課是〈武訓興學〉，全班都要會背的。「有志竟成語非假，鐵杵磨成繡花針。古今多少奇男子，誰似山東堂邑姓武人！武先生，單名叫作訓。兄弟都早死，父母又不存……」文字有韻背來不難，尤其是「有志竟成語非假，鐵杵磨成繡花針」，這一句，深印我心。但是今天回想起來，光有恆心是不夠的，還要看是針對什麼樣的事情的恆心。吃喝玩樂嫖女人有恆心，恆不了多久，一切都完了；殺人放火有恆心，隨時會被殺，死了還更慘，會有因果。要像孔夫子一樣，保持著長時間的一個清醒的守規矩者，太難了。這中間清醒最難，因為不清醒，規矩是成不了方圓的，也就是不會真有什麼成就的。舉個例，時光倒流……

我十七八歲的時候，台灣正在流行看電視上的職業摔角、豬木、馬場、鐵頭金英等等。馬場的鐵砂掌聞名江湖，世界高手，見掌變色。馬場的師父，是韓國去日本打天下的力道山先生，他的鐵砂掌，據說是跟早年的山東旅韓華僑學的，現在還可以在網上搜尋到力道山當年比賽的黑白影像資料。那時候的比賽還是真打真摔，不套招的，後來因為死傷過重，才研究出豬木、馬場時代的套招式摔角。

## 大口鐵鍋炒鋼珠

鐵砂掌，不是比誰的手掌硬。比硬拿根鐵棍就行了嘛！鐵棍比什麼都硬。簡單地說，鐵砂掌是吸取鐵鏽的精華，透過藥水來泡手，讓鐵鏽的物質，可以跟人的手掌和平相處，並存於體內，所以練習的方法和藥水的配方，極為重要，否則，愈有恆心地練，愈危險。

當年，我正值陽光燦爛的年紀。說白了，就是年幼無知，羨慕力道山，不懂得高級功夫要有高級師父才行的道理。在我的忘年交中，有一位馬師傅，終生以練武人自居，懂一點鐵砂掌，我和另外一位同齡的戴朝南都想練，馬師傅也想教，那就練吧！

練鐵砂掌，當然首先需要鐵砂，也就是鐵豆子，要大小不一的，不能都一樣大，那樣會擠在一塊兒，砂子不活。我們買不起汽車零件裡的鋼珠，就找了一個休假日，跑到鐵工廠煉鐵的殘渣堆裡，慢慢地挑出了大小不一、還帶著刺的小豆子，約莫三十公斤左右。回去買了口大鐵鍋，生了火，把鐵豆子放進鍋裡炒，還要加醋。說也奇怪，鐵砂幾經攪拌，迅速生鏽，土黃色的鏽，不是深咖啡色的。把炒完的鐵砂，放進一個陶製的小缸子裡，把缸子放到一堆石塊上，與彎腰下去練的角度相稱。

第一式就是把雙手伸進缸內由缸邊撈向中間，將鐵砂撈鬆。然後第二式是將雙掌由鐵砂頂端，自然地插下去。一開始，誰也插不了多深，手指自然會彎曲，就停住了。不能像電影上那樣，下面生著火，人在鍋邊，很用力地亂插，那樣很快就會出事的，尤其不能用火。第二式插完，再用力抓一把鐵砂，算是第三式。就這樣，連練三式算是一把，第一個禮拜，每天只練三把就停，如果感覺沒有異樣，開始每三天加一把，循序漸進，練完一個人換另一個人練。缸旁邊有個小火爐，木炭火，上面坐了一個陶壺，燉著中草藥的藥洗，用來泡手。那些方子的內容，至今我也不全知道，只曉得有一種有毒的草藥，是拿來中和鐵鏽與練習者血肉的關係。還有醋，拿來美容皮膚。鐵砂掌練得好的人，雙手細白肥厚，肉眼看不到任何老繭，如果滿手都有老繭，等於告訴別人，我練的只是莊家把式。藥方本來必須具備的一味藥，是鷹爪，以蒼鷹的為佳，到哪去找鷹爪？鐵杵怎麼才能磨成針？

## 找不到老鷹改用雞爪

練習鐵砂掌的洗手藥方裡，鷹爪是很重要的一味。像鐵砂掌、「鷹爪功」這一類需要靠精密配方來協助的功夫，過去被武術界人士稱為「硬功」，這是一種統稱。因為如果「鷹爪功」是由高深的內功為基礎，那就不需要特殊的藥水，就不屬於「硬功」。聽說不用藥練起來是另一種感受，所以是兩種渾然不同的練法，以前都有傑出的練家子。

古代的社會價值觀，或許把老鷹抓來，砍去雙爪，用來煉藥，還不會招人議論。現如今，講求保育，老鷹本就不如古代多，你還把它的爪子給砍了，只用前面三個爪子，以及後面那個「趾」，實在不忍心，其實真要用，也不夠用的。鷹爪前三後一，後面那根「趾」是最有力量的，掐死小動物全靠「趾」的力量，藥方有它們，可以起到關鍵作用。可是當年的我們，到哪兒去找啊？跑遍了中藥鋪、武術館都沒有，反而在當年還沒有拆掉的台北「中華商場」，有幾家藝品店裡，看到雄鷹的爪子，連腿帶爪，四五吋長，腿上繫著一條大紅色的絲帶。我們看不明白，一問才知道，日本觀光客喜歡買，日本人認為鷹爪是吉祥和力量的象徵。真他媽的，不在自己家買，跑台灣來買了，都沒人算過，台灣的鷹爪被買走了多少，而且那些鷹怎麼辦？

別提了，我們反正不用鷹的爪子了，改用了雄雞的爪子，滿市場都有賣的。但是，雞怎麼能跟鷹比呢？就像牛骨怎麼能跟虎骨比呢！在根本的基因上，就是兩回事，但我們還是用了。一年風雨無阻地練下來，手掌倒也沒有長得像「雞爪」。

我們兩個，每三天要寫一張很夠仔細的心得給馬師傅看。馬師傅年輕的時候練過，沒有練成，也沒練出毛病，人很聰明，懂得取巧，他所練的功夫，也如其人，小巧、快速、固執、好強好勝，有幾路拳與劍，練得頗有一些個人風格及美感，是用過功的。但是我開始時就說過，「高級」的功夫，不光靠苦練與聰明，那是莊家把式，練不壞人的。「鐵砂掌」就不是說說想想開著玩笑就能練的功夫。我和戴朝南，身高體重、手掌的大小，都差不多，練到半年多的時候，已經長到五十多把，很大量了，要分二次練完。中間休息時，去小木屋外面的小空地上，站好馬步，甩空掌，用力氣甩，甩七八十下，才能把剛練完時快要爆開的手肘，稍微甩鬆回來一點，費力氣，卻也長功夫。

真功夫要長的時候，肝與腎的負擔能力，就需要加強。戴朝南一個月的薪水大約三千多新台幣，全拿去買新鮮牛肉和馬師傅自己配的補腎丸（俗稱大力丸）。我是個窮光蛋學生，學費都快繳不上了，哪來的錢補身子？每天看他吃一把大力丸，生嚼著，口角流出藥香味，我就只能拚命地調息，吸空氣，大氣裡有大自然的精華吧！不能跟他比就是了。

他還吃牛肉，每天一包五十塊錢的新鮮黃牛肉，在沸水裡一涮，肉汁從紅變白，就熄火起鍋，稍微降溫，他就連倒帶嚼地送進肚子裡。他天天吃，天天吃，都吃膩了，把我給饞的，羨慕的。因為真需要，而且真管用——眼看著他一天比一天壯，連走路都比我沉，我們體重一樣，他的手腳就是比我沉，耐力也強，練到五十多把以後，還猶有餘刃。

我們當時都有七十八公斤，他身輕如燕，我全靠經驗。兩人十九歲時，就橫掃過當時太極推手水準還不錯的立法院，那兒多半是太極名師鄭曼菁先生的學生。也不是我們功夫好，就是力氣大、腳步活，尤其是戴朝南，愈推愈勇，那兩個手肘，像變魔術，擋他擋不住，躲他躲不掉，一不留神，就會被他鎖住脖子，往下一按，對方就會在地上打滾。無數人吃過他這一按，無一幸免。我跟他太熟，他一舉手，我大概就感覺到了，他按不到我，想要贏他，只能在前五分鐘，靠手法、速度，或許能行，五分鐘以後，我的耐力就抗不住他了。

「掌」練到八九個月的時候，兩人都不太敢用掌去拍人或是戳人，我們都覺得，如果發起脾氣，憑那股憤怒的力量，手掌要戳進一個人的肚子，不困難，至少，對方的內臟要請長假了。怎麼愈聽愈殘忍了？這不是練掌的目的啊！

## 練了一成鐵掌、四百散光

馬師傅說力道山的功力，已經有七八成以上。天啊！我當時也不懂得問，這要靠什麼樣的比例來算，什麼樣的尺來量呢？只是馬師傅的話，我們都相信，他到底比我們多練了三十年的武術，我們練了一年掌，練到了幾成？不知道，我自己憑良心問，大概只有一成或一成半吧！戴朝南營養好，力氣大，我想大概也只能算二成吧！

我記得我們都曾對戰柔道的黑帶選手。隔著厚厚的道服，稍微一使力，就能把對方疼得跳起來，掀開道服就能看到紫紅色的三個指印，真沒用什麼力，感覺上是手掌自己要往裡面跑的，對方總是驚訝又驚訝地看著自己被撈了一把的痕跡，非常費解地回想剛才的疼，想它們怎麼會疼得這麼不一樣，這麼陌生，又形容不清楚。我們自己沒拍打過，也沒抓過自己，抓也不忍心用力抓，所以也不知道是什麼感覺，馬師傅說那當然是鐵砂掌的鐵砂效應，說完了總是會有得意的笑，好像我們已經練成了，其實還遠著呢！馬師傅與我相識時，我十五歲，練掌時已經十九歲了，其實跟他相識，交朋友的氣氛多過學掌的師徒關係，聊天的時候，多半是聊他所得意的事情。他比一般人好像更需要被肯定，如果你不太肯定他，他寧可與你不來往，甚至為敵。如此說來，我和戴朝南，到底是「得」的多還是「失」的多？反正那些年，不知道什麼因緣際會，我和戴朝南，既不十分喜歡馬師傅，可又打不散我們的相思相聚。

我已經不記得是什麼原因，讓馬師傅下令停止了我們對鐵砂掌的練習，好像是他感覺到我們很難再升級了。不知道是少了鷹爪還是其他藥方？還是什麼不能告訴我們的原因，包括可能他自己也沒把握了。本來學習鐵砂掌的人一般都要練的劈掛掌和通臂拳，我們也都沒練就停了。停了也好，我的荒唐夢已經把我的散光眼都練出來了。我十九歲以前沒有散光，有點遠視，後來到了二十四五歲，散光變成了左眼三百五十度、右眼四百度，沒有近視。我不好意思跟馬師傅說，我覺得這其實跟營養不足有關係，藥方也不理想，所以不練了，應該是命大的表示吧！真功夫，沒有高人指點絕對不能貪心，妄想地去練，半神半鬼的師傅太多了……

回想那段時光，缸裡的鐵砂，到了冬天又濕又冷，破了又好好了又破了幾十次的雙手手指。冬天的鐵砂好像也會怕冷，顏色變深了，它們緊緊地相擁相貼，手碰到就痛。咬著牙撈下去，插得也不夠深，鐵砂太緊，照樣練，練破了皮，藥洗會洗好，鐵砂上的刺有時會刺進指端，拔出來再插。次數多了，時間長了，刺拔出來時，指頭裡沒有血，就是肉，也不是繭，就是白肉，到今天不明白為什麼。有時出大太陽了，特別跑到練功房來，把兩大張報紙鋪在室外的土地上，將鐵砂倒出，抹平，曝曬，兩三個小時再收回缸中。那樣的晚上練起掌來最快樂，鐵砂受熱變鬆了，晚上九點多，鐵砂裡還有下午日光的餘溫，顏色也淡了許多，手掌插進去，比平常插得深一兩吋，暖暖的，還會揚起鐵灰，幾十把練下來，鼻孔都帶著些微鐵鏽灰，順暢、舒服、氣順，好的回憶之一。

夏天，鐵砂就不必常常曝曬，但是練的時候，額頭、雙臂所流的汗，會滴滴落落地進入鐵砂裡。兩個人隨著日子愈練愈猛，小木屋外約一百米處（附近都是菜園雜草地），都可以聽到木屋裡傳出來的聲音，沒人聽得出那是在幹嘛。猛烈的撈砂插砂的聲音，好像會吸引來空靈中另外一些有磁場的東西，但是少年專心練功的身體，用力拍打砂袋的沉重聲，由地面能震到好遠，又把那些似有似無的空靈，好像是來參觀又好像是來監督什麼「質」「能」互換的，有的沒的神鬼皆疑的東西，都給震走了。馬師傅似乎也說過，功夫練到四五成時，是出不出事的關鍵，我聽不懂，但我相信，以自己的親身經歷，來衡量未來的二三年，要是條件夠好沒有出問題（出問題就不談了，可能就廢了），那麼，風雨無阻的三年練下來……我今天可能就不會寫這篇文章了，練成了的功夫是不能亂露的，露了容易有殺身之禍。因為別人會怕你，直接用槍對付你，記者會纏你，民眾會問你，有關部門會跟蹤你，完了，你就白練了，麻煩全來了。

聽說鐵砂掌練到高層次的時候，磁場強，不怕鬼，生氣的時候，一使勁，手指、手掌到手肘，都呈現出紫色……我寧願相信，讓我再年輕一次，我不會再練。都這麼用功了，這麼有恆心了，學點實際的不好嗎？學點救人的東西不好嗎？恆心多珍貴啊！

鐵砂掌，再見了，沒真練過的人，別忽悠我了。
這年頭，只要心夠定，半神半鬼的都走了，真神大概就來了。

二〇〇八年六～八月

# 得意時須盡歡

這幾天的台北，是陰沉沉的雨天加上冷，晚上就在新北市山區的養老院陪著八十九歲的老母親，看看電視，聽她說說各種話。等她睡著了，我獨自在小屋中看電視。電視的綜藝節目，讓我想起一代一代的人物曾經年輕、曾經過去；新聞節目讓我覺得社會的表面還是安逸的，但是看不到大家在追求什麼。是追求幸福？還是治安，還是財富，還是團結，還是珍惜？好像都有，也好像都不在乎。一個人沉靜地看看電視，我跟他們，他們跟我，其實都是站在同一邊的，只是我們沒有共同在做相同的事。我不想在行為語言上再犯什麼錯誤，也不想讓我的心閉塞，我的心還有多少能力，可以保持對外界的興趣、好奇與接觸？也許一個和諧的社會或人生，就是建立在先不讓彼此受挫折的溝通習慣上。

深夜了，媽媽通常會起來一下，喝點水或吃兩口東西再睡，我給她煮了五個水餃，她很滿意地吃了，再睡去。我算過，她現在的體力不能離開床鋪三個小時，我多陪她睡一天覺，心裡稍安一些，老婆孩子都在加拿大，此刻正是他們起床忙碌著要去上學的時候，過一會兒，就可以跟我老婆通電話了。電視上除夕夜的特別節目已至高潮，這裡是山區，雖然十二點剛過，鞭炮聲只從遠處傳來一點點，幾乎聽不到。如果自己不能保持一個沉靜的心，即使最關心你的人，最親近的人，都幫不上什麼忙。靜，好重要啊！

天亮了，我起床小個便，喝口水又睡了，中午才醒，睡得尚可。春遊的車潮已經擠進山區，往烏來看櫻花去，我雙手奉上一個紅包給媽媽賀年，給她拍了幾張照片。她看了笑著說：「是相機好，還是我上相啊？」聽起來她是高興的。跟加拿大通電話，麗欽快要睡了，孩子們還在看書，他們真好。

下午六七點左右，去烏來玩的人，大部分在往回走，山路崎嶇而擁擠，「出門俱是觀花人」。我開車到烏來，幸運地找到一個車位，人多，戴個帽子，低頭走到我要去的溫泉館，這一家的湯泉最純，而且堅持不放消毒藥粉，只是充滿碳酸氫鈉的湯汁，泡完一整套的時間大約一個半鐘頭。神清氣爽，上樓找老闆小酌一番去。

說好了是小酌，可是老闆捧了一公斤裝的一罈高粱酒，這就不能算小酌了。就我們兩個人，第三個人都沒有，先上菜，我還空腹，添了兩口肉片，吃了一塊年糕，喝了口雞湯，就喝了開來。老闆與我相識十年，平日多不應酬，很少聊天，第一次坐下來喝酒，卻都不陌生。舉杯的節奏很快，一會兒工夫便酒過七巡。他話多，從當兵怎麼當，創業怎麼創，溫泉要怎麼管理，到每年組團去日本賞櫻泡湯等等，我多半靜靜地聽，或愈喝愈多，偶爾會聽到我笑著說：「老闆喝慢一點，慢一點，我趕不上你啊！」老闆更得意了，因為得其意了，所以也看得到「人生得意須盡歡，莫使金樽空對月」的一種快樂。喝了不少了，一罈酒要空了，兩個人都高了。我腦子很清楚，快樂的言談之間，我覺得現在的人往往都太相信責備和嚴峻的力量，太忽略讚美和慈愛的力量了。這一罈酒喝得很舒服，凌晨三點了，像個會走路的酒精標本，與老闆告別，來時滿滿的停車場，此時已經空蕩得剩我一輛車，真好，沒人擋道了。

烏來到新店這條山路，我常開，夜色清涼，莫名的花香，飄過雜木的森林，空氣中安靜又充滿了一種清新，什麼人、什麼車都沒有，就我一個慢慢地開著，十五分鐘的車程，好像開了一個鐘頭，頓然間覺得這不就是「千山鳥飛絕」了？而且「萬徑人蹤滅」，雖不是孤舟卻是孤車，車上沒有家人沒有朋友，在獨享這如寒江一般的風景，此時已是大年初二的凌晨，新的一年，希望大家都是豐富的、美麗的。

二〇一一年三月

# 人在江湖，身不由己

「人在江湖，身不由己。」這個「江湖」的說法有各種含義，有人說：江湖就是一個讓人學習做人的地方，江湖就是一個靠本事競爭的地方，江湖就是一個既有規則又兵不厭詐的地方，江湖就是一個增長各類閱歷的地方。江湖不存在軍隊，但是可結拜成群，組織黨派，以大吃小地幹掉別人，江湖總是充滿了真真假假。江湖兒女情——有情的，無情的，都不斷地被對方惱著，偶爾，也會發生熱情洋溢的愛情，以及將心比心的俠義體貼。只要牽涉到「江湖」，中間就有「真不真」或者「多少假」的意味在。包括古往今來，流行於人間的各種藝術創作，只要作者不自覺地在江湖上旅遊或弄波過，都難辭江湖的色彩。

所以呢，我這輩子幾乎都是在江湖上行走，雖然經常也會有閉關性的創作，終究還是走進江湖叫賣或銷售。真正熱愛生命或熱愛藝術創作的人，應該是很容易相處的，因為他只要求自己，不要求別人，也無暇要求別人，在自創、自發、自省的自己中自足，所以待人寬大，無可無不可。他就可以擺脫了江湖的枷鎖，打開了江湖的自由，雖身在江湖，亦可遊神洞心於其外了。但是如果我還在江湖中很無奈地打滾，說白了就像一個擺脫不了枷鎖的奴隸，你就算告訴我自由有多重要，可能也只是增加我的不幸而已！

江湖中有許多當老師的，也在勸人為善，經常也會看到一些簡潔清晰的處世「格言」，告訴你什麼叫健康，什麼叫賺錢，什麼叫愛……甚至於什麼叫作哲學，什麼叫「追尋」，但是小心，別被江湖上的這點小意思，搞得找不出意思了。

演戲演久了，把江湖當成家的感覺，似乎也在成形，但是江湖上的老辣和聰明，未必能給我帶來幸福。演戲演久了，難免會想——人到底能有多偉大，或者多渺小，我想往往要看這個人的想像力有多少和同情心有多多少。想像力與同情心，對我個人而言，大都衍生於「江湖閱歷」，沒有江湖閱歷，就沒有沉思的內容。一個人的想像力過強而沒有同情心，那最多就是個偏執的藝術家或科學家，同情心如果多過想像力太多，也就是個一般的宗教家。

作為一個人，一個處處用心的人，則上述兩者缺一不可。開玩笑，江湖是很殘酷的，是很現實又詭譎多變的。在江湖上的表現，要怎麼樣地暢流而不氾濫。要能自由飄蕩在江河湖海，又能靜處於涓涓細流；能大魚大肉，又能珍惜菜根；能把佛的語言不亂用，又能把菩薩的語言心思付諸實行，那可就是精緻的老江湖了。這種智慧的江湖，真的只是一種達不到的癡迷嗎？還是其中另有奧義？

江湖中種種美好的事物，都得要付出代價才能得到，不但是我們自己在付出代價，我們生活中相關的人們也在付出代價。我發現許多歷史上偉大的人物，也是江湖上出類拔萃的產物，好像偉大的精神，總是富涵著廣大而深厚的同情，高遠而美麗的想像。哪怕是道德，也不能沒有想像，來作為它設身處地的同情的基礎。麻木無感，不知節制，是失去想像和同情心的第一步，大概也是最後一步了，我個人深有所感。

同情和想像，能幫人類超出現有的自我，和世界重新結合，也是人類超越現況、改善現況、沒有之外的一條途徑，一條通往未來的途徑。這一點，從許多科學家、思想家身上可以看到。

美國總統歐巴馬，面臨了幾十年來最艱苦的一場選戰，贏了，連任，站在台上第一句話就是——讓我們互相扶持地向前走，絕不放棄任何一個人，不走回頭路……多會說話啊！同情心、想像力都有，偉大，夠江湖。

二〇一二年十二月

# 三省吾身

從小就聽大人說，人生的道路是很迂迴的！總是一知半解，包括現在。一山翻完了還有一山，一水走完了，轉個彎又是一片！一直到人生許多重大的經歷、親密的關係、長輩的凋零，都過去了。站在曠野裡，自己變成了最老、輩分最高、痛苦最多、失去也多付出也多自由卻又不夠多的人，奇怪的感覺。其中，痛苦最多的原因，是自己在人生中，其實根本上還是不懂「反省」，或者是有反省，但是反省完了，沒有改過，說得文一點就是沒有珍惜自己的痛苦。因為不懂得珍惜痛苦，所以生命也就白被它折磨了，反覆地去犯相同的錯。犯錯的時候自己很清醒，卻又不知或者不懂得懊悔，當然就不能像古代的悲劇英雄般，去「珍惜」他的懊悔。一個人無論是為什麼懊悔，它總會反映著我們自己往日的錯誤所在。

我並不是一個會去珍惜懊悔的人，所以演員幹了大半輩子了，為人父也二十餘年，依然不能算是一個好老公，雖然當初愛我的老婆，是希望我為她做一個傑出的男人……但是我的大腦和操守、聯想力等等，並沒有更步向超越、提升。偶爾有一點成熟感，那也是從書上看來的，愈對別人發表做人處世的哲理，愈覺得自己像個「偽善者」，信仰跑哪裡去了？信仰告訴過我好多的道理，無非是希望自己能教育自己，信仰告訴我人非聖賢孰能無過，但是要知過能改，才可以善莫大焉。人生之路真是迂迴，它是上升的迂迴？還是左右傻傻的迂迴？還是往下而去的迂迴？都是一種歷程，都是對於昨天的一種捨棄，一種跨越。關鍵就是捨得和跨得對不對？唉！我可知道什麼叫「到老一場空」了！不懂得珍惜，遲早有一天就會被我兒子發現我的偽善，被朋友在背後嘀咕我是說到做不到的偽君子，信仰呢？信仰跑哪兒去了？信仰被我不小心搞丟了！

本來一直以為我可以靠我的信仰做人處世，可是它搞丟了！很尷尬，很痛苦，它曾經帶我翻過許多山，漂過許多水的。

想一想過去那些年的翻過，其實滿美的，因為「翻過」不就是一種「倒轉」嗎？是一種「覺今是而昨非」的感覺，而且不覺昨非就不會覺得今是（這句話我常會用，我們的初中老師蓋的印），那為什麼自己還有這許多不滿？是因為自己開始害怕了！開始覺得坦蕩蕩是假的！是被我利用來保護自己的不長進。就算我讀過一點聖賢書，還算懂得讓自己懊悔，可是又並不執著，「執著」經常是沒有用的，經常是被誤會和錯用的。我一直以為我會善用執著，可是我離執著真實的義諦，大概偏離很遠了，所以當下一次懊悔再來的時候，我已經無法重拾執著，那麼，珍惜也就變成空談了。說了半天就是活得空留餘恨嘛！

會有這些想法，通常是我在反省或懊悔中，無法執著地拋棄我的另一個執著，所以會害怕。更通常的是，就算我真心去改過和懊悔，也只是捨棄了我自己一些虛幻浮誇的面向而已。與真正的謙卑、和睦、坦蕩蕩，相去甚遠，莫非人生的方向走錯了？迂迴就認了，可不能走錯了！尤其是本質上，如果走錯了，那我還剩下什麼？真金不怕火煉，明明是句真理，對我來講卻似乎是「假金轉手賣人」，白煉了！唉！不知道全世界人是怎麼過來的，被人笑就笑吧！我沒時間去羞恥。也許，生命這條迂迴的路，本來就是在懊悔與痛苦中，得到又失去中，生生不息，自強不息的！就算是吧！別說不是啦！

啊！天行健，「君子」以自強不息！謝謝《易經》裡這句老話。不息，那些令我如此痛苦的我，既是我也不是我。就像三歲時候的照片，既是我也不是我。是我，因為那不是別人的照片；不是我，因為我已經不是那個樣子了，就像蛇的蛻皮，蟬的脫殼，它只是建立在我的痛苦上面的紀念碑。紀念什麼呢？乾脆先想好碑上要刻什麼字……

「我是一個臭不要臉的人，而且生生不息。」

二〇一三年三月

# 活到最後別後悔

最近的做人做事，總是有許多心有餘力不足的現象，跟老不老也沒什麼絕對關係，我見過許多「上善若水」好好妙妙的老人。人家也沒有什麼力不足的時候。

最近很茫然，好像失去了以前曾經有過的一種篤定，做人做事的篤定，尤其是把自己的「綜合欲望」跟「宗教」做比較的時候，即清楚又茫然，找個信得過的上師問問吧？其實也不必，自己都知道該怎麼辦，只是下定決心了沒有。只要沒有與世隔絕的一天，似乎就沒有不犯錯的時候，人類思想的亂竄或進展，總是跟外界生活所互動出來的呀！如果沒有了這些互動，也就沒有什麼好反省的了，思想上也不會有太重要的進展了，除非，後半生（後小半生）就決定住在山洞裡，天天念經念佛不出來見人了，那樣就完美了嗎？或者就接近完美了嗎？必然仍是不完美，甚至會有嚴重的錯誤。

看樣子，人似乎是註定不能一步就飛躍向完美。一天，兩天？怎麼吃都吃不胖的。我的迷茫用禪家的態度來看是很正常的，用基督教來看是很需要禱告的，用做人的經驗來看是要逐步改善，或猛醒回頭地去進步，去成長，好像都有方法，但我就是沒法去實行……真需要勇氣，勇猛非常的一股氣。

人生中總有幾次「大徹大悟」的時刻，我好像也有。但是事後對我來說，那只是連綿不斷的波浪當中的波峰，一下子就下去變成波谷了，那不是到達彼岸的終點，更不是可以永世長駐的圓滿……

我愛我的家人，我的家人不時地在變，母親、父親都走了，我還是常會想起他們的樣子、他們的事情和對我說的話……

我的老婆，我最愛的女人，只希望她為了健康能再瘦一些，這種形容愛的話，說得多不愛啊！對不起，我就是最愛她。

我有個朋友，比我小一歲，這些年愈來愈注重鍛鍊身體，不是跑步就是游泳，我好欽佩他。他說不鍛鍊怎麼行？不鍛鍊下次碰到美眉不就沒力氣了？我！自歎不如！多真實的價值觀啊!!

人不能做後悔的事，「子欲養而親不在」是一種後悔，賺了不該賺的錢也會後悔，因為貪心上了當會後悔，該做的好事因猶豫沒及時去做會後悔，遊戲過頭而失去了青春也會後悔，突然間要死了，該做的事還沒去做會後悔，把一個喜劇的人生演成了悲劇會後悔，把一個悲劇的人生沒有演成智慧，也會後悔或者說懊悔。以上這些人間事，都是「人」才會有的煩惱，老擱在心裡不去處理，也不是個事，一定有方法是可以讓人再度心安理得的，只是還沒想出來、悟出來。可是後悔的經驗多了之後，總會覺得每次後悔的心情傾瀉而出時，自己也同時有一種「新生」的感知。不明顯，但是已經足夠淹沒過去那些固執和輕狂了，一個更大更廣卻不一定更長的生命空間，等我們把生命坦蕩蕩地倒進去……重新活過。

顏回，孔子的高徒，居陋巷，一簞食，一瓢飲，日子就過了，真高，簡樸使之高，珍惜使之高，大概做人處世他也有他的痛苦，他能消化。他也貪心過？他也生氣過？他也迷茫過？他也好色過？那他一定也後悔過，但是他聰明，後悔總是會帶給他清醒的覺悟。

我差遠了，我發脾氣脾氣就來，說幫助人總是考慮再三，說有便宜可占心就動了，說有美女不多看兩眼那簡直是糊塗！

我的人生已經告訴我：不要怕懊悔，應當珍惜，再下一次懊悔又來時，那個珍惜會讓我們重拾一些有用的東西……

願我們大家，明白的，繼續明白，糊塗地想出辦法來，生生不息地，自強不息地，在痛苦與懊悔中繼續活著。活到最後別後悔，就行了。大家都是明白人。

二〇一四年八月

# 浮動的人生

天下萬物都有其生命特徵。據說，人最大的特徵是「貪」，貪得有規矩，貪得夠反省，貪的方向對得比較多的人，大概是走在前面的，同樣都活在「貪」裡，因果卻各有不同。少年時的我，家境貧寒，但家教滿嚴的，鄰居經過我們家門口，都可以感覺到他們對我父母的尊敬。那只是一段短暫的時間，也不知道是社會因素，還是父母為了生存的壓力，或許都有，我不再看到鄰居們那種眼神了。搬過家，好像也都不多見了，不多見了那種安全又尊敬的眼神，頂多就是走過時點點頭。

也許因為想要得多一點，就很容易去貪，當你占有了什麼，你就必須為它負責。不論是什麼人、事、物，你都得負責，負責會累，累了它就成為你的負擔，那你心靈的自由又少了一點。在一切的熱情退減的時候，我們就開始煩惱了，馬路上經常看到心中有一堆煩惱的人，瞞不住，多半寫在臉上。生、老、病、死，有形無形，都在考驗著我們的貪與不貪。

六十歲以後，長得像一個幸福的雕像的人，我看到的不多，包括我自己。和我現在的家人比一比，我也覺得我對他們的內疚也是最多的。當我在歎息幸福的年華流逝的時候，我知道，有更多的孩子在企望快點長大，長大就可以擁有或者得到更多的什麼……然後又可能再掉進什麼……

問題是生命中有許多考驗不是表面的，有的是地雷，一踩就爆了、就毀了。有的卻又像都市裡的霧霾，一天一天地侵蝕你的靈魂。有的人酷愛坐地鐵、坐公車，只是為了車上那偶爾發生的微笑的愛情……也算一次悸動，悸動中，難免沒有更多的貪在意識裡向你招手。沒有一個招手是免費的，是不必因果的。

天下最難吃的藥就是後悔藥，一般人們都不願意多吃，久了就乾脆不吃了，就是不認帳了，誰多多少少都賴過一些帳，所以偶爾被賴賴帳也就算了。

其實我很不會用文字去陳述我心裡想的事，也許是我自己還沒有想清楚，我不是想討論什麼真理，我只是不想處理太多煩惱，由「貪」而生的煩惱。可是很多人都說過人生焉能沒有煩惱，沒有煩惱哪來的智慧？好，那反過來看，心裡有大苦悶的人，不正是更有機會通往心靈的深刻，通往智慧之路嗎？那麼我們也許該愛我們的煩惱，而且要好好地去愛，愛惜的愛，就好像一個基督徒該愛他的十字架一樣？

也許一個先知，或者一個很好的老師會這樣告訴他們的學生：「我還可以教你們一點什麼，是因為我比你們更困惑、更迷亂，以及雖然如此，還不感覺絕望，還要掙扎，還在追尋。因此，我既比你們強，也比你們弱，我就是憑著我的迷亂與困惑來教你們——以及教自己。今後，你們或許可以不再『借用我的』，而用你們自己的迷亂與困惑來教自己了！」

也許這就是我們能從觀賞悲劇中，得到益處的緣故吧！但是腦海裡又突然浮起一句話：「力拔山兮氣蓋世，拔劍四顧心茫然。」如果每一個人都是一個大神秘，我們應該讓那個大神秘展現他自己嗎？應該！

二〇一四年九月

# 我可知道什麼叫寫「專欄」了

此刻我在南京機場的休息室，在來的路上睡了一會兒，喝了半瓶礦泉水，在機場門口抽了一根菸，稍微瞄了周遭一眼，大概我是最老的。我就不信了，我就這麼苦命？這麼勞碌？想想也不對，多少人希望出來走走？多少人比我還老的，希望能有工作的，或者可以出門奔波？哦！所以算了！疲倦也別抱怨了，心裡頭還不能有一點點滄桑的自憐……不存在！所有人都讓我保重身體，早點休息……說實話，我都聽煩了，都覺得對方是對我沒什麼話說才說的話，尤其最近 MERS，還得戴口罩，多喝水，以免韓國的失控患者流到其他地區。

飛機延遲，因為南京機場雨大。我只有繼續待在休息室裡，繼續疲倦，繼續寫這個。還不錯，我不彷徨，好像也沒什麼哀傷，看到旁邊的電視新聞，南方各省都在強降雨，聽說台灣近日也是午後雷陣雨，連台北基隆路都淹水了！不曉得柯P會不會哀傷？應該不會，也不需要，但是他下班會不會被堵塞？應該不會，水應該退了，台北市將繼續美麗，柯P將繼續辛苦，把台北市辛苦成更美麗又不彷徨又沒有哀傷的城市，我說的是真的，沒有任何諷刺的意思，只是寫的時候沒有腹稿，想哪兒就寫哪兒。

唉！這幾年哪回不是這樣？屎到屁股門兒了才拉。這樣的態度使我不易彷徨也不會哀傷……年紀不到，是不敢這樣寫專欄的，專欄耶！什麼叫專欄？我在《PAR表演藝術》雜誌寫了快十年了，我可知道什麼叫寫「專欄」了，可不要羨慕，也不要太苛責，天底下沒有幾個人真能寫專欄的。我算過，如果寫文章不是瞎聊天，那就算是孔子，很仔細地寫，十年都可以把《論語》寫完兩遍了！第二遍又沒什麼新內容，到最後……也就只能寫寫吃了什麼，喝了什麼，天氣如何而已……因為，人的真知灼見沒有那麼多的，任何一種大專家，請他寫出他的真心話或者真誠的感受，不過區區五千多字，多了沒了，再寫？那就把馬路消息、網路資訊湊一湊，又是一篇。

寫文章，沒有一條道路是真誠的，真誠本身就是道路，是通往讀者心靈的道路，其他的一切……微不足道，寫著寫著就會掉進主觀或者迷茫，或者自以為是，甚至自我炫耀了，其他的藝術作品，又何嘗不是這樣？

那我為什麼還在寫？我真不知道。是讀者愛看？我不信，因為有許多我真想寫的東西不方便寫，比如說人與人之間的隱私……寫出來說不定就成了八卦；比如說兩岸這二十年來的變化，風水互動的旁觀心得，不能寫，一我不是專家，二是環境沒有幽默感，不能開玩笑。台灣也在一個詭譎多變的情況中，好像會走向一個小確幸，又好像會走向一個新發現，比方說柯P，讓搞了一輩子政治的人幾乎瞠目結舌，現在又出來一個女中豪傑洪秀柱，以前都認為她不是什麼角，但是這次中常會十八分鐘的發言，令人刮目相看，新希望……當然，新也新不到哪去了，她都七十了。開那種會開了大半輩子，還能新到哪裡去？

二〇一五年七月

# 知恥近乎勇

又到了寫稿子的時刻，用寫的，不是在電腦面前打的，這種人大概只會愈來愈少。近幾年才在手機上，參加了微博的交際和溝通，接著跟朋友們也開始使用微信，電話還是打，已經沒有微信來得頻繁，我失去太多太多網上的資訊獲得，連買個燒煤油的取暖爐，都是朋友從網路上轉寄到我的微信，讓我能仔細地、從圖文並茂的說明中，知道哪個爐一定是我喜歡的，而且是想過很多年，而沒有去買或尋找的，因為不知道去哪裡找。想傳個 E-mail 還得請會傳的人幫我傳，密碼永遠記不住，好像我除了演戲之外，就愈來愈不知道這世上，還有什麼常識性或者知識性的東西了。

其實不會，哪兒有那麼慘，寫就寫嘛！從小不就是用手寫的，而手寫的稿子留下來，十幾年以後再看到還挺親切，當初創作《那一夜我們說相聲》和《暗戀桃花源》的手稿，都還留著，翻來看看，好像當年的我和我們，又都回來了。而且，現在網路上的消息也未必都可信，我知道這麼多閒事或者淺顯易懂的心靈雞湯有什麼用。做人最基本的道理，長大之前也都知道了，只是能做到多少才是關鍵。比方說禮、義、廉、恥，多重要啊！人人都知道，但是要經常去體會、實踐的時候好像真的不太多，而且這種人範圍極大，廣闊無邊。

　　這些心裡的事，跟網路也沒有什麼關係，只是人跟人的直接關係。禮義廉恥，這四個字，是我們的小學校訓，我先不去計較前三個字，就最後一個「恥」字，就夠折騰的。比方說，我最近幾年老是想去探望的前輩，或者老友，我是真的經常想到他們的形貌、他們說過的話，以及他們的一些故事，經常想到，但是我卻沒有立刻丟掉手邊雜事，立刻抽出時間，馬上電話聯繫等等，都沒有！

　　中國人，尤其是孔子，喜歡用君子與小人，作為教導學生在生活中的種種善惡的對比，有大事有小事，那麼君子，一定是知恥的，相對地說，

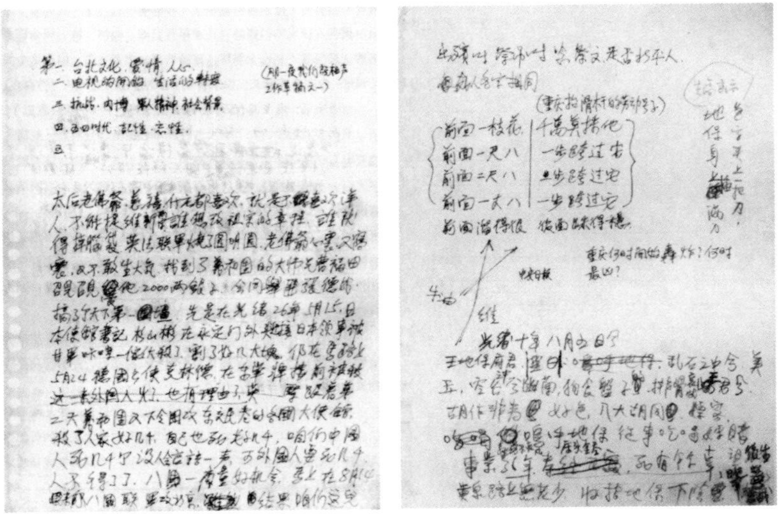

《那一夜，我們說相聲》工作手稿。

小人是沒有羞恥感的。我們大部分的人，大概都只做到一半一半，大部分的人都願意自己用羞恥感來陪伴自己的人生，把它當作大事，以免丟人，甚至用撒謊來保護羞恥心。

這一點古人也想到了，所以才說「知恥近乎勇」。知恥兩字是讓我們在明明知道什麼是羞恥之後，不要掩蓋，不能麻木。我經常做不到，但是我想，我願意去做，雖然還沒改，但是已經大概靠近勇敢了，如果有生之年能再進一步，再進一步，那麼就有點像「勇敢」被完成的狀態了，不論大事小事喔！包括電腦網路的學習，哦！這點不能包括，我不需要它那麼陪伴我，可是探望前輩和老友於我是不小的事，我沒能立刻去做，其實這種小人，我已經做了很久了，但是還是有機會去變成君子……

我今天所寫的事情，只是我臨時想到的、記得的一些事情，怎麼說都只是一個概念化的記憶而已，或者說「知覺」而已。突然想到了波赫士的短篇小說〈博聞強記的富內斯〉，富內斯這個人具有驚人的知覺記憶力，他不僅僅是過目不忘而已，他能記得所有不同的時刻所看過的個別具體的東西。他不但記得每一座山林中每一棵樹的每一片葉子，而且還記得每次看到或回想到它時的形狀。以這樣的記憶力和理解力為基礎，他的許多對生活的認知行為已經與一般人太不同了，能夠替每一塊石頭、每一隻鳥、每一根樹枝，都取上名字，都這樣了，他還認為這些都太一般化，過於含混！氣死我了，那我不早就是老年癡呆了?!太可恨了！

可是，還是要謝謝他，沒有他這麼一個奇怪的人，我這篇文章，就更淡然無味了。

二〇一六年五月

# 散步散不了心

人，活在這個世界上，不容易。從出生到長大，到與人相傷、相和、相愛，都不容易，理由太多了，因為人多，事多。而且人與人之間，對愛和自由的體會不盡相同。那怎麼辦？我最近的體會是：自己做自己。自己做自己心的主人，這樣才會有真正的自由。不過，這僅是「體會」，而且有很多很多聖人朋友，早就體會過了，而且都做到了，我才剛開始「體會」。

有很多時候，別人罵我，批評我，甚至只是誤會我，我都會不自覺地武裝起來，或者攻擊回去，或者抑鬱起來，這都沒用，都會讓自己失去自由。一個人能時時都自由自在地活著，太難了。很有感情的詩人，很有學問的思想家，或者許多出名的出家人、政治家、神職人員，都未必能真的獲得徹底的自由，有誰說他真的自由了？我這個年紀了，還是不能相信。我多想自由啊！事業把我拴著，家庭把我拴著，朋友把我拴著，健康把我拴著，尊嚴把我拴著，過去一些不光榮的事情都過去了，還把我拴著。一點屁事都能把我拴得死死的，我能自由嗎？能！只要用心去接受這個世界，去愛這個世界的人，就能自由，可是我做不到，還是不自由。我要不這麼寫，文章怎麼寫得完?!

聽說這個世界上有一種草，叫芳草，而且十步之內就一定會有！我多想碰到啊！就是邁不出步。印度的古儒吉大師曾經教過學生什麼叫自由，他說，自由有賴於你開啟與關閉窗戶的能力。當暴風雨來臨時，你必須關窗戶，否則會淋濕，當室內既熱又令人窒息時，你必須打開窗戶。而人的五官覺知彷彿窗戶。當你有能力隨著意願打開與關閉窗戶時，你就是自由的；假如窗戶無法隨意關上或打開時，你就是受束縛的。照料窗戶的開關，就是靈修。

哦！搞了半天我是靈修不夠？靈魂的修整能力不夠，行了，那問題就明朗了，容易多了，可是，靈修去哪裡修啊？書本裡？沒用！好書沒少看，不但看了，還能記得，還能講給人家聽，有人還說我挺有思想，有智慧。沒用，心靈還是一片荒漠，也不要說是荒漠，多少也還有點綠洲，但是不夠用，我敢說生活中，我真需要去開或關哪一扇窗的時候，我現在都還能，因為資訊太發達了，生什麼病，吃什麼水果，太全了，都可以收藏或尋找解決方式。男人需要酷，女人需要疼，這都不難，難就難在我的自由太多了，擁擠了，自由得都被拘泥住了，啊？聽不懂了吧？

如果說一個人，在靈修的路上沒有迷過路，那大概很難，沒有遇過很多好老師，這也難說，有的時候自己就是老師，每人資質、悟性不同，不過人生的大方向還是最最重要的。就是方向搞不清楚，所以個人也好，社會也好，就暫時迷路了。我，我說的我，就是我，就是你認識的那個我，現在有點迷路了，別理我，別煩我，只要關心我就行了。我自己會好，會漸漸地看到路在哪，人在哪，世界在哪。

謝謝您看完啦！謝謝關心。並祝平安、喜悅。

二〇一二年七月

# 愛的寂寞

小學六年級時，有一篇閱讀測驗，文中說，紐約的帝國大廈，當年在建到快完工時，有兩個年輕的工程師，搭著同一部工作電梯上到高空，突然間鋼索斷了一條，電梯歪了，兩個人的專業都很清楚電梯是承受不了目前的重量，其中一位工程師立刻向另一位哀求，說我不能死啊！家裡還有老母、親人什麼的。另一位工程師，在聽完他哀求的第一時間，只安靜地說了一聲「當然」，就鬆手下去了……我們全班都好唏噓、好感動這一段！老師跟我們說：「這就是『紳士』。」難怪今天紳士愈來愈少了，大家都不想當。如果老師跟我們說：「這個不是人，是神！而且他跳下去的時候，隨著仙樂而去……」那今天的紳士可能就會多些了，不過這種紳士當了有什麼用？還不如去當民意代表呢！想罵誰就罵誰……別怪我沒禮貌，這是教育造成的。總之，在那個小故事裡，我們看到了愛，超過勇敢的愛！

最近又在電視上看到那個叫「小豆豆」的孩子，因為癌症去世了，這麼小的年紀，幫父親擺攤子，賺一點點的錢，要給自己治病，還要鼓勵父母不要難過，大家都在電視上認識這個小朋友。一年多後，他走了，我們到底是要可憐這位早逝的小孩？還是可憐失去愛子的一對父母？還是應該可憐我們的新聞處理方式？還是乾脆來重新討論一下，到底是失去父母的孤兒可憐？還是失去孩子的大人可憐？如果是這種選擇，那是不是可以用誰的情況嚴重，就多可憐誰一些？

那麼，誰的情況比較嚴重呢？話題往往都是比較關注弱者，誰是弱者？哦！小孩，錯了。都非常可憐？這是廢話！唉！活著比死還痛苦的大人，是因為失去了他們的最愛。

大約二十年前，我曾經在一個社教節目裡，去台大醫院的一個兒童重症病房做採訪。十二歲以下的兒童，在面臨癌症末期，並且被醫生安排進重症病房時，也就是醫學已經宣判他們來日不多了。可是你可以感覺到，他們大都是安靜地面對，反而是大人的心痛、不安和深沉的難過，在偷偷地找地方藏。到最後的時候，孩子們都互相學會了反過來安慰大人，爸爸、媽媽，你們不要難過，謝謝你們那麼關心我，我下輩子還要做你們的子女，等等讓人鼻酸的話，這都是真的。

孩子們為什麼面對死亡都這麼灑脫？一個醫生在聊天時，突然間讓我們明白，原來兒童對死亡的認識根本就不多，換句話說，他們生存的經驗，還沒有造成他們的不能夠失去這一切，活得愈長，愈不容易面對死。死對大人來講，有各種可怕的表示，對小孩來講沒有那麼多包袱，所以，他們往往就感覺不到生命有多可貴，多讓人留戀，甚至有什麼美好，他們只是看大人都沒辦法了，就接受了。

天哪！如果是這樣的，那麼，在天災裡失去父母的孤兒，因為還不太清楚，也比較不出什麼叫失去，加上成長的忙碌，使人類會忘卻痛苦，所以我們十年後再見到那孤兒，已經成為一個充滿陽光、力求上進的人，或者起碼在他臉上已經讀不到那麼多失去親人的痛苦了。反觀，失去一個小孩的父母們，從小孩失去生命的那一天開始，一輩子都無法再真正歡笑了。

大地震中，存活的孤兒，被關注的永遠多過失去兒女的人……是我們認識錯了？還是我們已經沒有能力去關懷那些……父母們。

二〇一二年三月

# 家常細語

# 兒女「情」長

我和我的妻子結婚的時候，不光是想白頭偕老，還是會想「早生貴子」啊！果然，也沒有什麼計畫的，就連生了三個，兩年一個，兩年一個，感謝上天，給我們這個美好的賜予。

接下來的事，都不是我們「希望」中的事了，因為我們兩個基本上都還不懂什麼叫「希望」，跟天下初為人父母的人一樣，邊摸索，邊學著做父母。學，就要有代價，可說是歲月，可說是挫折，可說是焦慮，也可說是永不一定會實踐的夢想……都是代價。教育兒女，是為人父母的大事，人類最早會發明「教育」，無非是希望下一代的人，不會上了上一代的人所上的當，重蹈所吃的苦，重做糊塗的事，不要遇到一些沒有幸福的事等等。換句話說，教育的目標和方式就變得很重要。孩子們受教育開始獲得所謂的知識，那些知識，天知道哪些是有用的，哪些是沒用的，哪些純粹是填鴨式的「應試」教育。而通過幼稚園、小學、初高中、大學，以及家庭相處的教育，花了許多時間，孩子從幼兒、兒童、青少年到青年——成長的過程，可能因人而異而產生各種不同的樣子。

比如說我的小學、初中、大專的學生生活，對我的回憶和現實而言，不能說不重要，但是在我心裡呢？一點都不重要，好像可有可無！尤其是初中那三年，簡直就像一種「身外之物」，什麼東西都不是。原因除了跟整體教育環境有關之外，我自己的自我反省和自我學習這方面，也沒有得到很好的教育啟發，所以，空白了。有些空白會造成日後成長的一種動力或影響，我的那個空白，今天回想起來，還是空白，不是蒼白哦！蒼白起碼還是一種白，「空白」是空的，什麼都沒有，有的也沒用，用了也不實。知識長高了點，會寫點字，會念點報紙，報紙上還都是一些未必重視真相的新聞，文學類根本不碰，什麼叫「思想」？會寫，不知其意；「念書」會念，從來沒有念懂過！為什麼要念書？那就更不懂了，只知道不念

三個孩子小時候的樣子。

會被退學，退學會讓父母傷心，這兩種，其實是一種，為了不讓父母氣得說不出話，我就糊里糊塗地在海專畢了業。海專給了我什麼？給了我五年的浪蕩逍遙，所學所念的知識，基本上全還回去了，只留下學生生活的一些片斷回憶，在生命的旅途上，似隱似現，可有可無我不好意思說，但是它就是可有可無。

如今，自己的三個兒女，兩個還在念大學，一個正在當兵，不論他們書念得怎麼樣，起碼他們愈來愈清楚，自己孤獨地面對自己的時候，外界將會發生怎樣的關係，所以他們就學會了如何孤獨地面對自己，如何不抱怨，如何找尋各種環境裡會讓人產生的「羈絆」（意思是指命運促成的一種連接吧），而去使這些免不掉的羈絆，成為一種生命的動力。換句話說：他們的教育，已經似乎讓他們自己意識到了，不要再下廢棋的概念。甚至於我幾乎感覺到，他們好像意識到了自己過去的迷失、荒廢，似乎還能在他們心中，被他們自己整理、反省出一種全新的「意義再生」。

我和拙荊，沒結錯婚，沒生錯孩子。因為他們的成長，我們全程參與了，那麼，我們自己的生命也得到了一種「意義的再生」。教育啊，教育啊，怎麼能不注意啊！我們這些過來人。

二〇一二年一月

# 春風春雨

「又是一年春風，吹白了多少少年頭，多少壯懷……」小學五年級的時候就會唱的一首歌〈春風春雨〉，男女合唱，歌手男的穿長袍，女的穿夾襖，很保守、很禮貌地站在兩個或者共享一個麥克風的前面，也不知道是誰教他們的，也不知道他們腦子裡在想什麼，為什麼要這麼唱？反正字正腔圓，用自己認為最合適的情緒，或按照教官所指點的方法，一氣呵成地唱完，緩緩向觀眾一鞠躬，在觀眾的掌聲中回去後台。

台下的大人或小孩都會覺得，這應該還算是一首不太肉麻的，大陸所謂的「主旋律歌曲」。當年諸如此類的「主旋律」、思鄉、憤慨、勵志、小調的歌曲非常流行，與它們並存的還有〈綠島小夜曲〉呀、〈月下對口〉呀、〈願嫁漢家郎〉呀什麼的，到今天，一律都不太聽到人唱了，基本上它們的年代全過了。很少的幾首，包括閩南語歌曲，還是留了下來，所謂的「主旋律歌曲」，再也沒人唱了，好像也找不到理由唱了，大概也不好意思唱了。為什麼呢？

寫到這裡，我身後慢慢飄過來一個人，是我九十一歲的媽媽。她完全不關心、也不知道我在寫什麼，當年她還字正腔圓地教我唱過兩句，她唱得比任何鄰居媽媽都好聽，她喝了一口水，又飄回屋裡去睡了……我想到〈春風春雨〉其中的一句「多少傲骨，埋進了荒丘……」。

時代、人心、文化、科技這些無常的活動，穿著代代相同的風，代代相同的雨，在人類的走廊裡出來進去……沒有靜止過，就算有靜止，在那個空洞的人類走廊裡，似乎還聽得到每一個年代的人，在那裡聊天、談笑，言言語語，各過各的。

別老跟自己說三十而立、四十而不惑、七十而自由自在、過去我怎麼怎麼、現在我如何如何，這都沒用了。就是「現在」，現在在深山裡就深山裡，在沙漠裡就沙漠裡，在大海的風口浪尖裡就風口浪尖裡，在大糞坑裡？那……如果能待得住，那也就在糞坑裡了。只要一想到萬一，隧道裡著火的那輛車是我！就算在哪裡都得「該幹什麼幹什麼」……「天地不仁，以萬物為芻狗」，上天有好生之德。誰也不能怨，自己過自己的，自己先把門前雪掃好了，家家戶戶都掃好了，別瞎管人家或者另一條街的人有沒有掃乾淨，就掃自己的，專心地掃，掃一輩子，保證反而安然無事。那些在大聲疾呼「天下人要出來管天下事」的人，真是不知道該說他們什麼好，只能說他們還不知道天下人真要站出來瞎管天下事的代價有多大！多大？我們應該愈來愈清楚這筆帳了。

可是，這十五六年以來，我漂泊的生活、工作在海峽兩岸，我到底還是愈來愈喜歡台灣了，我覺得它乾淨、不自大，氣候屬於我，吃得好，喝得好，醫療好，街上的人好，下一代的會很強，很好。我現在到處努力工作，等我老年，在台灣的任何一個角落，安靜地生活著，我放心，安心，我高興！我愛它！就是它了！

二〇一二年六月

# 人生啊！不就是個「情」字

又一次從大陸拍完戲回家來，這回去了近四個月，辛不辛苦就不提了，認識的人和碰見的事，則永遠很新鮮，都讓自己感觸良多……回家，下飛機，出機場就開始高興了。一直到笑著進家門，看到老母親胃口很好地在吃飯，她安靜得像個少女，靜靜地吃著，我就坐在旁邊靜靜地看她吃。因為媽媽耳朵重聽得厲害，所以我也不多說什麼，她會告訴你她現在想說的事。我很珍惜她，也不知怎地，反正我就是多聽她說話，多摸摸她，多給她拍些照片。她以前還會擺個姿勢或做好了表情給我拍，現在她不管這些了，你想怎麼拍就怎麼拍吧！

媽媽今年九十整了，腦子好清楚，只是血糖有時飆高，會產生幻覺。

她剛遇到這事有些驚訝，當醫生說明原委後，她就笑著說了一句：「那我不成了神經病了？剛才那樣子好丟人吶！」前一陣她跟我女兒說：「我最近要是看到什麼奇怪的東西，先看看別人有沒有反應，別人沒反應我就不多問了。有的時候覺得車座後面有兩隻公雞，好清楚，我就用傘去捅它們兩下，再看，就沒了，就不必和別人說，自己解決了。」

前一陣子，媽媽住院，天主教醫院，出院後她信了教，很高興，我勸她勸了幾十年信信佛教、念念經什麼的，她從來只信自己，這回居然信了天主。我很驚訝，我就問她怎麼回事呢？她就只說，省事兒！天主保佑，媽媽最近精神氣色都還不錯，臉上的寧靜是前所未有的，我到了媽媽這歲數，真不知道在哪兒呢！人生啊！不就是個「情」字。

其實人生的許多時候就是「記得」還是「不記得」了，記得又能記得多少？所以大家忙著記，記這個記那個，團體記、個人記、國家記、社會記，乾脆又發明照相機，拍吧！記吧！早晚還是會忘的。

我以前用過的一段廣告詞，很多人聽過，裡面每一個字都是我寫的稿子：「我說，人為什麼要拍照，人活得好好的他為什麼要拍照？哦！到底是為了要回味，回什麼味？回自己的味，回自己和大家生活的味，回經歷和體驗的味，回感受深刻的味，回悲歡離合喜怒哀樂的味。什麼味的照片才叫好？拍得漂亮，拍得瀟灑，拍得清楚，拍得得意，拍得精采，拍得出色，拍得深情，拍得智慧，拍得天真浪漫反璞歸真，拍得喜事連連無怨無悔，拍得恍然大悟破鏡重圓，拍得平常心是道，拍得日日好日年年好年，如夢似真止於至善，我的天啊！什麼軟片這麼好？Konica Kala（color）——它抓得住我，一次OK。」我還沒寫全，但是現在想來，這個「拍」字，就是所有的「記」，記錄的記，表現的記，熱情悲傷、冷靜沉思的「記」而已，我要是真能把自己的生活記得如此多彩，記得那麼豐富，我就可以化成一縷青煙，揚長而去了。雖然這些對任何人都不重要。

可是今天這個社會，那些新聞，常常會擋住你的手，遮住你的眼，讓你拍不到那些想拍的，唉！真是「人比人得死，貨比貨得扔」啊！湖海兄弟不供我，如果有「藝」，那就「論家門」吧！咱們，下回分解。

二〇一二年八月

我和媽媽在關西家中，這是她臨終前一年拍的照。

# 我內人

麗欽二十五歲與我相識，二十六歲我們結婚，二十七歲開始，兩年各生一個小孩，所以當她三十一歲時，我們已經生完了三個小孩，二男一女。過來人都知道，帶孩子比生孩子要辛苦很多，操心很多，時間占掉的，自然也多了。

她在二十歲的時候，認識了嶺南派的國畫；資深而才氣橫溢的房若訊老師收了她。麗欽開始推開了中國山水畫的一扇門，接觸了中國傳統繪畫的薰陶，包括工筆、寫意的花鳥和山水的基本技法。由於她自小學時期，就經常代表學校參加全台灣的畫畫比賽，屢屢得到金獎、佳作等。所以，繪畫這一件事對她來說，應該是有興趣、又有點悟性的。跟她在一起生活這些年，她也確實如此；連女兒也深受影響，在溫哥華已經念完美術系。

麗欽學畫用功，比方說她的老師建議她專心畫墨牡丹，她就悶頭畫了半年，天天畫，從中間體會到的「墨分五色」的感受，增進了很多對水與墨的認識與拿捏。難怪她在二十三歲時，便在老師的建議下，在自宅成立了「紫玉軒」教授嶺南派的國畫教室；也在台灣的政治大學教職員繪畫社的邀請下，教了四年畫，四年後，她才二十七歲。

## 放下畫筆走入家庭

後來為了當一個全職的家庭主婦，麗欽停止了畫國畫的教與學。因為維護一個家庭的幸福成長，是我們倆共同的願望。所以我去賺錢，她來付出，撫養、教育我們的三個小孩兒。

她常常跟我說起，她在跟老師學畫期間，有一年左右，風雨無阻地，每天早上九點在老師的畫室，畫到晚上九點，自己替老師鎖好門，回家。老師偶爾會出去應酬、打牌什麼的，就放她一人去畫、去臨、去研究；偶

麗欽的〈潑墨牡丹〉

爾，老師會錯把她的畫稿當成了自己畫的，小錯誤中，也成為師徒之間的趣事。由此可見，麗欽在年輕的時候，對中國山水花鳥畫的基本技法，產生了不少能力。從嶺南派的技法來說，她算得上是「弓馬嫻熟」了。我真喜歡用這四個字。

結婚，對我們的生活影響太大了，兩個人都不能自由自在地過自己的日子，都為了家。家變得最大，最重要，麗欽起碼停止畫畫了二十三年，這二十三年要不停地畫？那我今天也不必寫這些事兒了。心裡除了對麗欽感恩、感謝，就只能努力工作，把所有賺來的錢，都交給她來管理，聽起來像是謝謝她！真不好意思，是讓她得更多受一份兒累，家事的忙碌可不輸給國事，含辛茹苦，生養二男一女，太有成績了。而且到目前為止，三個小孩個個讓我們歡喜，沒白生，沒白忙。他們漸漸長大了，可以自理了，兒孫自有兒孫福了。三個小孩都記得他們的媽媽很愛畫畫，經常反過來力勸媽媽能重拾畫筆，還挺管事，勸麗欽多畫畫的時候，比勸我戒菸的時候要多多了。尤其是女兒，自己念了美術系，就更希望媽媽與她同畫，因此，麗欽還去學了半年多的油畫，每張畫我都喜歡，因為有感覺。去年，母女在溫哥華台商會的邀請下，做了第一次慈善拍賣畫展，大概是慈善的關係，麗欽所展出的二十幅花鳥，賣光。真謝謝那些慈善的朋友，慧眼！

## 重拾畫筆再尋藝術之美

接下來，麗欽就開始了，往日腦海裡的那些陶醉、體驗和對大自然的美的追尋，再度向四面八方伸了出去。看山，看水，看生活，都有了一個新的視角，一個人在蒼茫的暮色裡，或是靜靜地坐在黃山上，看著成團的白雲，像海水一樣，沿著長長的峽谷，湧著湧著，連台北的溫泉山谷，和陪我去拍戲的途經瀋陽、大連、旅順和上海的松江公園，都成為她靈機一動的源泉。經常，我去拍戲後回來旅館，她又完成了幾幅小花、小草、老樹、飛禽。經常，夜來落雨，窗外的枝葉，和她的畫筆像「相見恨晚」的朋友，暢聊了一夜，我經不起這麼熱烈的感覺——睡著了。

一個畫者的孤獨，會有利於她沉靜的體味。家人的互相探討，也可以幫她不至於困在自己編結的妄思之中。說好聽一點，她畫畫，家人也都分享了。她要是畫到老，旁邊茶水伺候的，肯定是我。

二〇一三年四月

近來我最喜歡的一張內人照片。

# 人如其畫

俗話說：「往事如煙」「人生如夢」「過去種種譬如昨日死」，雖然各有各的含義，但是都脫不了「人世無常」或者「把握當下」等等，感歎生命的情意……

婚後一晃二十六載，內人林麗欽絕少再動畫筆。最近，居然頻頻重拾筆墨，每每畫出一些令我喜歡甚至感動的作品。原來二十多年的家庭主婦，生活瑣事，並沒有淹沒她對畫畫的興趣和印象練習。人的生活不能沒有「割捨」，「割」跟「捨」要做得恰當而意義向上，其實很難。割不好就往事如「煙」，捨不好就「只見其事，不見其功」。割得好捨得好而換來了新的生活目標和力量，卻把當年割捨的東西還能拿回來！那就挺不錯了，那就「往事並不如煙」「人生一如美夢」，昨日死或不死，也都如同今日生了！看到自己的恩人、山妻，能有一個中老年後的精神生活，追美的園地，先替她高興；自己老的時候，演不動戲的時候，也應該計劃計劃，或許這種事是無法計劃的，希望我能如她一般幸運，快樂、平靜地守在她的身旁。

麗欽最近又完成兩張國畫，一張〈八喜圖〉，一張〈黃山的雲海〉。見其畫如見其人、其心。這些年，尤其讓我看到她的內在活動。結婚初期，誰也不是生活的專家，她要進入一個大家，開始生兒育女、操持家務，我母親年紀雖大，精力卻無與倫比，一旦發生婆媳之戰，可不是「人之常情」就可以輕易略過的。麗欽為了家庭和睦，隱忍一切，低調求和諧，受了任何精神上的折磨，大都不跟我提一句，怕我著急上火。就這麼含辛茹苦、孝順公婆地直到母親去世，母親臨終前跟麗欽說過多次謝謝……最臨終前還問麗欽的大姐：我還有沒有罪？麗欽大姐一貫樂觀地笑著說：沒有了，沒有了，上帝早就饒恕你了……謝謝這位天使，傳達了上帝的愛。媽媽終其一生是生我養我、撫我育我的媽媽，結果臨終前是麗欽

〈八喜圖〉

的家人在旁服侍……我怎能不感謝麗欽？

三言兩語說完了麗欽壓抑中帶著成長的婚後生活，她的〈八喜圖〉是八隻喜鵲健康活潑地聚在一棵開滿了黃花的臘梅樹上，那花，那鳥，是她考慮、構思出來，再一筆一筆地練習之後，從畫紙上生出來，生出她的技術、心情、願望和祝福……無所遁形地呈現給觀者。起碼我，是可以很清楚地聞到那個臘梅的香味和那八隻喜鵲所發出來的歡笑和喜悅。那喜悅像一個小媳婦一樣，稍一過分就會得意忘形，被人捕捉，就會樂極生悲，但若畫得太老實，喜悅得若不忘形，就還不是真正的得意，真正的喜樂。那花，那鳥，那香，讓我看到了她的心。

〈黃山的雲海〉畫的是黃山之行的某一次寫生。山水畫的精神不脫大氣之餘要有精密之處，就像書法的虛實一樣，畫也有畫的「密不透風，疏可走馬」的精妙之處。她的黃山，看上去，近處有兩棵黃山典型的倒掛松，工筆完成，遠處、中處、近處，就是黃山陡峭的山峰，沒有什麼墨，整張畫紙就像一座明朗的大山叢中淌滿了雲海，雲海不過是濃淡相間的數筆，就覺得大氣磅礴，比「只在此山中，雲深不知處」還要開展，還攝人心魄。我問她，你是怎麼會畫成這樣的？她說，我親眼看到它們的瞬息萬變過。

我的妻子，跟我苦了大半輩子，內心卻如此單純龐大，心胸是這樣寬廣又澎湃，如果她沒生三個小孩，如今不知是什麼樣的畫家。而今，她畫出來的三個小孩，我有理由相信，他們都有媽媽的胸襟和感情。

二〇一三年十一月

〈黃山的雲海〉，邊上是夫人和我的小兒子。

# 家人在哪裡，家就在哪裡

台北今年的春節假期，既匆忙又開心，全家五口人，到了四個，唯獨女兒一人在加拿大，她必須上班，請不了假。她學的是畫畫，把最近的畫用微信傳給我看，其中有一張是灰藍的大海，翻著一股排山倒海的巨浪，浪尖上有一艘小船，好像是在打魚時遇上了，這幅畫她說名字叫〈爸爸〉，我差點沒哭出來。女兒還說想再畫一幅大山和大樹，題目叫〈媽媽〉。我真是急著想看到，因為是我女兒畫的。唉！這孩子，小學五年級還在劇院裡跟我一塊兒演過尼爾·賽門的《再見女郎》。

她弟弟，今年可以從日本回台北過幾天年假，我、我內人、大兒子，經常會聊妹妹的畫，聊加拿大還有哪些家具，哪些好料子穿得又有感情的外套和一些我們幾年前做的紅酒。隨著這七八年的移民生活，一個家的模型被遷來遷去，拆來裝去，許多家具已經快想不起來了，因為散落在蘇州、上海、台北、新竹、加拿大，算了，家人在哪裡，家不就在哪兒嗎？孩子們的生活都各有追尋，跟長大了的樹枝一樣，向四面八方伸枝——希望他們結無數的碩果。

新年期間重溫「金馬五十」的重播，看到最明顯的一件事，原來是大家都老了，還有故去的，過了兩天更聽說香港老演員午馬也逝世了，又是一位老朋友。活著!!還有什麼比活著更值得歡喜的？活在這世界上！隨著年紀才知道，以前對生命的價值，委實都太輕估了，所以，我們才不能享有它，譬如——家的幸福。

家最早當然是由兩個人組成的，現在的單身漢只要情有所歸，也是幸福的家。上古時代的家，多半是山洞，父親與鄰居去洞外打獵，回來全家人就在洞口或洞內，唱歌跳舞烤肉吃。

家是一個可以把環境暫時分開，分隔成內外的一個生活空間，家也是一個可以休養生息、凝聚自我跟親人的生活空間。回到家，睡覺都睡得不想起來，所有的事情可以暫時「不視」「不想」，其實又都「視」都「想」過了，因為輕鬆了，意念更可以集中了。

家人都集中在家裡，話也多了，互相的眼神也看到多了，對某些事務的深入討論，也就多了。因為與親人集中，而且能深切體會和觀望，所以連穿衣吃飯都美好了，平常的聚少離多，也聊表安慰了。

過年期間跟自己一家人吃飯，還跟自己一大家族吃飯，那不只是在分享食物而已，還分享了生活滋味、資源、資訊（有關親人的），更是分享情愛、分享命運的時刻。難怪古人重視一起吃飯，這正是一家大事，家變成了滋養和分享的空間。我連獨自回家，面對空蕩蕩的屋子，都會笑出聲音來，因為我回「家」了。

今年過年少了母親，孩子們的奶奶，我深深覺得媽媽還在家裡，分享著我們的團聚和聊天。

近十幾年來在大陸工作成為我的生活重心，因此一起工作，成為人與人經常相處的主要途徑，而一起工作和生活，既有分工合作的事實，又具有陪伴結合在一個共同目標的氛圍裡成為另一種「家」的關係；良好的工作關係，往往會成為人與人之間的一種強固腰帶，因此這種家庭裡的成員，除了分享命運，分享憂樂，也一起完成工作。然後回自己真正的家去。

我們都得回家休息、睡眠，台北的家還是大江南北的家，都是補充我精神、精力的地方，所以在旅館裡也不能只有工作，也應當有一切的放鬆活動時刻，例如喝茶、飲酒、看電視、洗衣服、回微信。這些當然也算是品嘗回味生活的時刻。

儘管如此，我還是想「家」，家才是最「順性」的空間。

祝大家闔家安康，「順性圓滿」。馬年幹什麼都好，就是別讓馬太累嘍！

二〇一四年三月

女兒畫的〈爸爸〉。

# 爸爸都差不多吧？

我的兒子十五歲就隻身去美國念高一，大學在加拿大念完，回台灣當兵，退伍就茫然地要成為一個社會人。我在廣東拍戲，台灣發生「太陽花學運」，他和他的小學同學也正在這個年紀，看到這麼多學生組織起來，而且是學生主動、自動地掀起和進行，電視媒體每天大量地轉播，他也經常在電話裡給我轉播和分析。他的結論是：震撼、沸騰、思考，以及突然發現自己和社會的關係，而且相較之下，他覺得自己太幸運了，覺得他的父親「太」辛苦了！耶！我感謝「太陽花」能照耀了我們的家，照耀了現在的年輕人，太值得期許了，這是許多地方的年輕人，已經沒有了的一種能力和文明。希望他們日後回想這一切，不是被利用了。

最近這一個多月，兒子到北京去生活、工作和學習，他是學表演的，這種人一般被稱為「北漂」，我因為沒有住在大陸，拍完戲就回台灣，所以我大概算到處去拍戲找工作的「中漂」吧！

兒子不認識大陸的許多事、許多人和許多習慣。在跟大陸的學生一起排練表演作業的時候，他驚訝地發現很多同學極不用功，這是很難進來的表演學校，為什麼來念了，卻又不肯聽和練，多半時間在玩，和出去找工作？他不明就裡，只有自己專心和老師求教上課，後來發現有個女孩兒跟別人不一樣，很用功，他倆自然就變成一組練習的對象。才十天左右兒子告訴我，那個女孩兒中的有關於表演的毒，更深！所謂「更深」就是在一個成熟的表演概念沒有形成之前，「自以為是」的經驗就已經領導了這個演員的許多藝術判斷和領悟，有點學歪了的意思。我告訴他這沒什麼，一、死不了，二、要活回來也不難，別把對方的問題想得太嚴重，如此反而會影響你對不同演員的包容力。我年輕的時候也曾經以為對表演有熱誠就夠了，或者也會非常自以為是，總之就是不夠包容，兒子聽了就明白了一些。他跟人溝通的經驗和訓練確實比較不夠，我逐步地跟他討論和研究與人溝通的問題，兒子每次都願意聽，過了幾天又產生一些新的挫折。

他最近常常會失眠，我聽了有點焦慮，勸他吃吃中藥的安眠藥，他告訴我不要焦慮，他現在已經沒有那麼怕失眠了，剛上大一的時候他就開始失眠了，掙扎、痛苦，又不說，一個人躺在那兒哭！他說都過去了。我還是滿錯愕的，想了好久，才跟他再提起，在這裡人生地不熟，要多聽多看多學少說。他說他做得不夠好，容易把別人對他的一些看法和說法，記在腦子裡。我說我們人就只有這麼多精力，盡量不要把精力放在細瑣或細小的事情上，要放在大目標上。我說完了好像孩子聽了有點用，但是覺得自己非常笨，說得非常不到位，不能幫孩子真正化解心中的挫折。

睡覺了，兩個小時後又醒來發短信給他：「智慧如救火，要點在時機，爸爸一直缺少這種智慧，一如你在『太陽花學運』的過程中看到你自己跟世界的關係，在北京什麼事都可能讓你一個台灣來的孩子不理解。不要慌，順便也對照一下自己的問題，你去北京這短短的兩個月所發生的各種境況，都不要太早下定論，以至於讓自己無端地受挫折。不要抱怨，現在你在抱怨的人，可能會是你的貴人，動心忍性，接受環境給你帶來的挑戰。有任何事，請常跟爸爸商量、討論，加油！」

唉！我是真笨，還寫給人看了。是不是現在的爸爸都差不多？當然不好這樣想。

二〇一四年六月

# 社會是不是病了

台北捷運上一個年輕人手持尖刀隨意殺人事件，轟動了社會一下，引起不少反響。我們幾個老朋友聊起這件事，第一個反應是當時如果我們自己也在車廂裡，會有什麼反應。我說不知道，我可能會先逃離現場，也可能非常驚嚇而失去冷靜的判斷。另外一位老友比我還大三歲，從小就打打殺殺長大的，他也說不知道，因為現在年紀大了，手腳自然慢了許多，應該也是以守為攻，見機行事。他說連另外一位更擅長打架的朋友，都未必能淡定地處理。後來在電視上看到受難的家屬悲痛地重複說著：我們的社會是不是病了……等等經常會聽到的話。

「社會是不是病了？」這句話再說也沒多大意思了，似乎已經成為受難的人唯一能對媒體求救的信號。但是話太老了，聽的人無可奈何，又無動於衷。

我三個小孩當中有兩個有過動症，老大和老三。老三好強更多一些，他在四五年前就從網路上發現自己應該是有過動症，學習很有障礙，跟我們討論都沒什麼好結論，他很挫折很在意，一直不停地在找方法，找救兵。後來他發現哥哥也有，而且還應該是屬於「亞斯伯格」症，亞斯伯格症發展到極致，就可能會是捷運上隨意殺人的年輕人，也可能會是天才的發明家。

換句話說，舉一反三地說，過動症、憂鬱症、自閉症、躁鬱症，都是可以從輕變重，從平常發展成悲劇的。經過這次捷運殺人事件，我們也更多地關注和討論了過動症，驚訝地感受到，原來我們這個社會對這些自古就有的時尚病，一直就不夠瞭解，乃至疏於關懷，不太碰觸，從而助長了這些病的成長和被漠視。

什麼過去不讀書現在已經輸，不要讓孩子輸在起跑點，不能不讀書不要怕讀書，讀書要及時不能再誤時，現在多讀書將來不會輸……云云，對正常可以用功的孩子來說，這些話不用多說，但是對有以上病症，尤其是過動症的人來說，不但是白說，還是一種無謂的壓力。

小兒子現在一家日本公司當實習生，他很高興能被錄取去實習，但是很快地就發現自己什麼都跟不上。倒不完全是日語程度的問題，其實他日語程度夠好，可是他愈想做好一件事就愈無法執行，甚至老闆和上級跟他直接指示或交代任務時，他不是聽不懂，而是無法聽進去，又不好意思打破砂鍋問到底，就自己悶在心裡，一天，兩天，一周，兩周，連續沒有進步。他在電話裡一一細述給我聽，有的時候很平靜地說，有的時候很挫折很無奈地跟我說。我試著建議他怎麼去做，鼓勵他，肯定他，可是他很清醒地跟我說：其實公司裡的人對他很禮貌，但是又把他當成一個很懶惰的廢人。我聽了覺得好嚴重，難過得說不出話來，還好是打電話，他沒看到我的表情。

我勸他丟掉這些挫折，提早問該問的問題，提早複習明日的工作，不要將前些日子的陰影放在心上，就像我們在舞台演戲，萬一哪裡演錯了，不要在意，不要心裡受影響，繼續專注在後面的戲，否則錯誤可能會一再發生。

我提醒他：天生我材必有用，哪裡跌倒就哪裡站起來。一定有一天會穿過這片陰晴的山谷，漸漸就會聽到潺潺的水聲，路會傍山而開，你也會撥雲見日。加油，殺出原地，改變現狀，你都知道怎麼做，不要害羞，想說什麼就說，想回答就回答，出不了多大的錯，差不多的錯也出完了，何況你心中都明白。先不要急，不要太求好心切，不要太不自信，最主要的是，你以為的那一切，都沒有發生，你希望的那一切，都會逐漸出現，而且會很快，有爸媽陪你，在你心裡陪著你。先不要太晚睡，先讓自己體力充沛。他回答我：「明白，我去做！」

做父母的除了生育、養育孩子，其實基本的工作是教育。所以捷運上殺人的那個年輕人，不是專家的事，而是人人的事，否則，人類還發明「教育」幹什麼？

二〇一四年七月

後記：捷運上殺人的年輕人於二〇一六年五月被槍決於台北監獄。

# 先管自己家的事吧

小孩真是愈來愈大了，全世界因為他們的長大而改變，他們好像也因為長大的需要，面對著這個世界，而在「應變」。誰都不知道未來會變成什麼樣，只能看著電視，瞅著新聞，或者從大家聊天的口中，真正反映出人們在改變環境，以及被環境牽著走。誰都希望未來是好日子，誰都知道世界的環保或者環境，已經愈來愈不樂觀，可是誰都管不了誰。

這種情形好像一年比一年嚴重，是不是大家都有空想到這些？或者也都這麼想？一個社會的經濟秩序如果亂了或者沒了，有錢沒錢其實差別也不大了。演戲還好，因為一向自食其力，老了沒有退休金拿是本來的，可是社會窮了，戲演起來待遇會變少？還是反而變多？這是一個很無聊又弔詭的問題，但是，日子走到哪裡都得過。冰島、希臘，正在上演二十一世紀全人類都沒看過的經濟遊戲，這個遊戲對全世界有什麼影響？是切斷損失隨他們自生自滅？還是他們根本沒事，別的社會反而先打起來了？

甭想那麼多，先管自己家的事吧！自己家又有什麼事呢？不就是孩子愈來愈大了嗎？做家長的得調整調整對孩子的關心和教育的方法嗎？不就是孩子只要健康平安就行了嗎？買不起房子的還是會有地方住的，吃不起豪華飯店的依然有開心度日還能去當義工的，各地方政府欠的債愈來愈多，老人和小孩將來誰倒楣還不知道，愛國、愛鄉還不如先愛自己，早就是這幾十年的真理。愛藝術？也有人在愛！怎麼愛？愛什麼藝術？為什麼愛？又不知道了，因為這些問題和答案也一直在變。愛的最基本對象，就是自己跟自己的家人。

我們家在移民加拿大之前，有一個很舒服很大的房子在台北，東西很多又很整齊，三個小孩跟媽媽去了加拿大念書，家也不大了，東西都分散變少了，家裡也整齊不起來了。念完書，回台灣，房子賣早了，漲了四倍！買不回來了，原來那個家，連地板都是黃花梨木的！現在純粹只剩下了回憶。家具有的放在新店一間租的房子，有的放在偶爾回去的新竹關西小鎮的一間公寓房子裡。在台灣我們有三個家，也像三個歇腳處，經常開著老爺車三處看看、住住，吃吃、睡睡！

感慨，無奈，卻也亂中有序，開開心心，就是一直看著自己的孩子，跟全世界的孩子一起在長大，我們每一個家的客廳跟書桌，都亂得沒法形容，但是不會找不到什麼，每天在用新的眼光和心情看我們家所在的不同地方……連最沒有什麼好變的加拿大，都一直在變，而且變得也會嚇人一跳，因為那兩個黨對待移民的態度很不相同。

想想小時候生活的青山綠水，炊煙四起……想想結婚後的攜兒帶女摟著妻子，想想與家人分隔兩岸工作，孤獨、炎熱、寒冷……想想自己和自己的老伴兩鬢斑白，還得想想往後的日子，要怎麼過？不想了！來吧！誰怕誰！從小就沒怕過，怎麼想……還是這麼回事。感謝我的父母，我的家人，你們就是我的一切，除了愛你們，沒了！

二〇一五年八月

我家的合影，都是想到了，就來一張

# 家雞

我養過狗，看過狗對人類的珍惜和在乎，相信很多朋友都有過，養狗養得很心疼的經驗，我們也從狗的身上，看到甚至學到也只有狗身上才有的忠心，或者說誠實，或者說善良吧。

三個多月前，有一位養雞的人家，據說他們有十幾二十隻雞要棄養了，送人又送不完，沒那麼多人要，要了也不敢殺，所以主人還有點著急。輾轉地，有朋友問我們要不要養，因為我最近愈來愈不在台北都市裡住了，多半時間都住在新竹的關西鎮山區裡，地方是有的，養兩隻雞足夠了。所以它們倆就被送來了，一公一母，據說是日本種的雞，喜歡住在高的地方，比方說樹幹上。果然，我們院裡沒有太合適的樹，它們倆就在門口放著的一個長條椅子上，自動選擇了椅子的背，作為它們棲息的地方。我們看了看，好像也只有那裡適合它們住，就沒有干涉。另外找了一間養狗的小房子，架高一點，裡面鋪了一些乾草，就變成一個挺乾淨、又有隱秘感的窩了。

母雞和公雞一直就很恩愛，用恩愛兩個字來形容，就是因為公雞始終護著母雞，一遇到有人靠近，公雞總是大膽地向前兩步，警戒地觀察動靜，母的就在公的身後，注意著動靜，一前一後老是不遠地跟著，公母相隨，應該說是夫妻相隨，因為它們每天幾乎都做好幾次愛做的事。母雞天生會生蛋，受過精的蛋是可以孵小雞的，母雞自動找到了那個為它做的窩，每天中午左右就進去生一個蛋，被我們連著拿走好幾天的蛋，吃了。它也不會數，也不覺得遺失了什麼，每天還是跟公雞在後院的廣大草原上覓食，我們餵它們的飼料，充足地隨意它們吃喝。

母雞生蛋需要營養，在覓食時，公雞只要找到比較好吃的蟲子，一定停下來看守著，輕輕地叫著母雞，母雞很理所當然地就走過來，或者跑過來，毫不客氣地就吃下去了。公雞很高興為母雞做了這個服務，又精神抖擻地振振翅膀，繼續用雄雞的爪子刨土覓食。我們的後院，有近一千三百平方米左右，夠它倆遊蕩和生活的。母雞一進窩生蛋，公的就守在窩外，也不知道是在防禦還是呵護，反正看起來就是很體貼的紳士一般，令人尊敬，使人羨慕。

從它們身上，我們一直可以看到，愛就是關心，愛就是喜悅，乃至於振臂高呼，互相協助。如果愛就是被人類說濫的是「分享」，是「關心」，是「扶持」，那它們倆啥也不說，就是「執行」，它們想不想有愛的結晶？我想得太多了，它們是隨心隨性地在大自然的美麗後院中，朝夕相處，努力相愛。

後來，我們就試著不再拿走母雞生的蛋，累積到了八顆左右，母雞開始不再生蛋了。每天，每天，二十四小時地，臥在雞蛋上面孵蛋。我們把吃的喝的都放在窩裡面，它只需要伸伸脖子，就可以吃到喝到，補充體力。奇怪，它對飼料卻視若無睹，每天就出來一下下，大約三五分鐘，吃點飼料喝點水，又回窩裡，繼續孵蛋，非常辛苦。我們也不懂，所以也不知道該幫什麼忙。

這些就是我家養的家雞。

它連著孵了一個月！我們用常識推斷也覺得不對了，我就用手去摸那些蛋，母雞雖然已經認識我了，還是會本能地保護著蛋，用它的嘴啄了我十幾下，最後還是不驚不慌地，被我用手把它撈出窩來，它想往回走，我又溫柔地把它撈到公雞身旁。它終於不再回窩，邁著稍顯疲倦的步子，叫了幾聲，聲音裡沒有什麼驚嚇，也不是不甘心，就是自然地叫了幾聲，隨公的一塊去覓食了。我們檢查了一下蛋，多半已經腐敗了，生命的誕生這麼難。希望它倆在我們的院子裡，快樂健康地活到很久。

二〇一六年二月

# 沒什麼好刻意的

美麗的人生，美麗的地球，美麗的童年，美麗空澀的童居，美麗的校園，美麗的海員生活，美麗的喜馬拉雅山，美麗的可怕愛情，美麗的成家立業、娶妻生子，美麗的歲月，美麗的皺紋，甚至於美麗的慎終追遠來看待莊嚴，這是我自己最近的感受。

美麗到現在，我住在新竹的一個群山環抱的小山村，一半高山族，一半平地客，外來的人，或許以養老而買地自建農舍的居多。我們這條山裡唯一的公路叫「羅馬公路」，還沒搞清楚為什麼要這麼叫，但是很美麗，不突出，很平凡，就是很美麗。空氣基本是甜的，螢火蟲的季節快來了，我們後院，會先有十幾隻出現，繼而大量地出現，有上萬隻左右，夠亮了，不能說它們不美麗。

院子有三四個籃球場大，背山，面對西邊的一個山口。夕陽西下時，是田園生活最輕鬆的時刻，山坡的大樹上有猴子，偶爾會來參觀我們這個小院，主要是那幾棵還沒結果子的果樹！我已經準備好沖天炮等它們越境時歡迎用，有效，我年輕時在大禹嶺就用過這招，連天上的老鷹都怕，我又很會放，指哪飛哪，「碰」的一聲，人類的小意思，猴子一個禮拜不敢再來。院子裡多了用手餵出來的四隻小雞，特有安全感，它們小，容易被老鷹抓走，我們就是母雞！

比我們的山村再大點的地方，當然叫鎮，鎮上麻雀雖小，五臟俱全，就是沒有會冒煙的工廠和化工廠，也沒有大型的醫院，沒有電影院，有幾家很地道又好吃的餐館，有兩三位很好的醫生開著小診所，還有超音波、X光。這個小鎮四面環山，準確地說像阿拉伯數字的「6」，我們就住在那個圓圈裡，我們的村，我的山居，就在山口，常常虛幻地會感覺看到《風之谷》裡的飛行器，沿著「6」的直線，飛進谷裡來——飛進一個安寧又活躍的所在，翠綠的農作物和山、樹，被風任意地拂著拂著……

關西小鎮上的家。

鎮上的街道，新的老的加起來，也不過橫豎十幾條，老的有老到清朝的。日據時期的茶葉加工廠，街道的名字還有「北平」路？主要的街道邊有一個九十多年的天主堂，好安詳地挺立在十字街邊，裡面經常會看到一些老太太坐在樹蔭下聊天，一問，其中有人已經九十六歲了，那麼就問其他幾位呢？老太太直接回答，我們是小學同學啦！天吶，四位都九十六或九十七了？看起來像七十出頭的婦女。這個鎮，最多的時候人口有三萬多人，而年齡超過一百歲的就有十幾位，九十歲以上的就有幾十位上百位。為什麼會這樣？不知道！但是空氣和水一定是原因之一，有機的蔬菜類也夠普遍，正在增多。

幾十年來，這個鎮居然沒有太多變化，幾乎沒有，公共建設只是有而已，也夠用，因為大家滿會自掃門前雪的。還有一個重要的原因，據說，這個鎮好幾屆的鎮長，選上以後都不太幹事，所以幾十年就沒有什麼變化。這個，沒有什麼變化的變化，使這個鎮變得美麗、自然、樸素又安康，鎮上的商家、學校還用著七八十年以前的窩，只是外表變了變瓷磚而已。小學今年是一百零六年校慶，校園裡有一棵樟樹就謙虛而美麗地站在牆邊，有六層樓高，它會告訴你這個小鎮更多的故事，這個小鎮叫關西，在新竹縣內，我都不太想說，我怕太多人搬進來住。

二〇一六年四月

# 單口相聲

# 有這麼一個地方

鼓聲漸近了，人多，天陰，打鼓的人有用不完的力氣，鼓車前面被押著一個囚犯，是待會就要被問斬的，沒人知道他在想什麼，起碼他走起路還不需要用人扶的。

這是在抗戰期間，好像「什麼期間」並不重要了，他搶了銀樓，合夥的幾個人跑了，嚴刑拷打，他隻字不提，打他的人手都軟了，心也軟了，乾脆不問了，請他抽菸，替他療傷，近乎套起交情了。

此時，要送他上路了，圍觀的人愈來愈多，愈來愈多。是從他身邊走過？還是他從人們的身邊走過？不太清楚起來，並不像是他迷惑了，可他也沒那麼清醒，任憑這一切在他視覺中滑過，他好像看到自己的影子，隨著自己走著，走著，走著，他們倆好像走在一起了，走成一個了，這個時候沒有太陽，他覺得有「光」在他四周，像黃昏的暗黃色，又好像是亙古以來沒有變過的一種光，是外界的光感改變了？還是……還是他自己身上發出來的……光？

他想起了一個已經去世的朋友，在一次喝酒的時候，吟出了兩句像詩的話：如果我是踏著夢來的……就讓我踏著夢，回去吧！槍聲響了，活著的人任務完成，人群，散去了。

他還沒走！他的身體倒下了，另外一個他，不是影子，也不像靈魂……像他，在他旁邊想走，走不動，因為還有更多的他，想從那個軀殼般的身體裡要出來，叫他等等，四周的光都暗下來了，可是天並沒有黑，他原來的軀殼只被蓋上一片草蓆，四周圍了一小圈的草繩，等人來收屍。

許多的他，都集合好了，準備出發了，往哪裡去呢？沒有天堂，也沒有地獄的人來接他們，他們好像開始冷了，他們漸漸抱在一起，愈抱愈緊，活著的時候，從來不茫然的他，茫然了，黃泉路上無宿店……今夜住誰家？

開始有了些像聲音的聲音，逐漸地變大變大，一大堆聲音在擾攘著。他們想找一條路，找到路是去走下去？還是去散步？去找其他人？還是像生前一樣，坐下來先獨處一下？這一些，都變成了一個個的符號，一大堆聲音，一大堆符號……旁邊飄過去幾道白雲，似乎是有情緒的雲……他們想跟著走，跟著雲走，某些雲變成了一群人，像隊伍一樣在移動著，有人招手請他或他們一起加入隊伍，他們進去了，後來才知道這群人裡都是在各種不同地方、被不同原因殺死的，有的人已經好幾世都是被人殺死的。

旁邊出現了一些攤販，賣吃的或是賣穿的，隊伍裡有錢的就去買一些來吃，沒錢的……開始搶劫那些有錢的，可是並沒有人敢去搶攤販。用搶來的錢，得花很多倍的錢，才能買到可以買的東西；也有人以貨易貨，只能用頭髮和指甲（自己的）換到一滴水……追根究柢，這些人不知道真的該往哪兒去，很自由，又沒了自由，只知道他們都很珍惜此刻，一個沒有深度、廣度與高度的——此刻。

我希望有人能把這些小意思，編成一支舞，或是畫成一幅畫，或者，這只是一個集合過的雜夢。

據說很多年、很多年以後，那個他，不再流浪了，他的名字都不見了，有人叫他「羅漢」。

二〇一三年五月

# 亞洲鐵人楊傳廣

楊傳廣，死了，當代的英雄。聽說他老的時候在台東，選過民意代表，晚年潦倒，學了些乩童的本事，身高一百八十六公分，在一個不知名的廟裡，予人問籤解惑，混口飯吃。他是台東的原住民，哪一族的[1]？對不起我真的忘了，他中年的時候，還發起過全台灣的一人一元運動，想為台灣做些好事，什麼樣的運動我都忘了，反正沒有成功，也沒什麼績效，不了了之了。

四十八年以前，我十二歲，這不重要。那年夏天，在義大利的羅馬舉辦了一屆奧運，這也不重要，那年代的奧運還沒有電視轉播，這還是不重要，可是，幾乎全世界的人，都會開始注意奧運了。那年，在美國訓練了幾年的楊傳廣，獲得了男子十項全能運動的銀牌，這可是個大獎，很大的一個獎，前所未有的。

## 山裡來的孩子，跑上世界的巔峰

那個時候的原住民沒有很強的國別感，只是在內心裡認為自己是在大山大水裡長大的孩子。楊傳廣二十一歲才被發現是可造之才，才開始練田徑，二十九歲就破過全台灣的一堆紀錄，三十歲那年就破了世界十項全能的總分紀錄。後來，計分的方式改變了，他的紀錄也就不重要了。那個年代，他在台灣的日據時代長大，後來被送去美國，在美國學會了英文，受到了一流的田徑教育，在美國成家，似乎成了美國人。他天賦過人，學什麼都一學就會，跑的、跳的、擲的，悟性極高。第一次參加比賽，就在馬尼拉得了亞運的十項全能金牌；送到美國沒幾年，世界聞名；回台灣，蔣介石曾經召見他，老蔣身高夠高，站在一塊兒，卻比他矮好多，他黑亮的身影，肌肉長滿全身，充滿台灣高山的陽光……

一九六二年東京亞運，楊傳廣撐竿跳前的準備，攝於一九六二年八月二十五日。（圖片授權：國立台灣歷史博物館）

在他的教育裡，美國使他成名，家鄉則如沐春風。個性讓他回歸大自然，在台灣的教育界、商業界、政治界被文明人使用過一圈以後，他離婚了，他落選了，他破產了，他離開都市和人群了。後來有人在台東的那個有幸的廟，發現一個體型壯碩的老人，會講台灣阿美族語和台灣閩南語，還懂中文、日文和英文，在給人接神問事，後來才知道他年輕的故事，才知道他就是那個亞洲鐵人──楊傳廣。多好的名字，多好的身材，多好的悟性，是誰讓他來到這個世界，留下這麼一個戲劇性的人生，在他七十四歲那年，獨身，中風，走了。

## 他在充滿愛的機會裡，失去了愛的領會能力

他在宗教裡受過教育，在教育裡得到過自我的肯定，不知道是從什麼時候開始，他漸漸地失去了自我肯定，也就失去了人與人的相互肯定，甚至，相互扶持。不能只歸因到他的脾氣或修養，當他開始畏懼我們這個社會、懷疑自己能力的時候，他就會畏懼來自社會的贈與和協助，他就會

愈來愈相信他的來處，他從山裡來的，愛的贈與，使人相互扶持，一起成長，而不是一些名或者報酬性的獎賞。

不能夠接受，更痛苦地說——不懂得接受贈與的人，就不能領會愛，不管是哪一種形式的愛。大家從小就知道——花是接受春天的贈與而開放自己，樹是接受雨露的贈與而茁壯自己。楊傳廣先生，到底問題是出在哪裡？是他在充滿愛的機會裡，失去了愛的領會能力？如果，他沒有走出山林，他會是台灣原住民中的神話人物，他會是一個最好的獵人，知道每一條獨登雪峰的絕徑，能結出最好的竹筏或籬笆，做最好的山刀，舞最美的戰舞，變成大自然和人之間的歌頌、歌謠。

說了半天，這個已成浮雲的亞洲鐵人，是教育和人群忽略了對他的愛？還是金牌、銀牌把人害的？還是……這位戰神，已經在那個有幸的廟裡，化成一縷青煙，揚長而去……

二〇一二年九月

1 楊傳廣（一九三三～二〇〇七），台東阿美族人，一九六〇年羅馬奧運「十項全能競賽」銀牌得主。

# 大人物

蔣公，蔣介石先生，到今天人們對他的評語還是充滿了狐疑，這個狐疑再簡單一點講就是：時代與時代的不信任，不瞭解，和不夠關心，這是簡單的說。很難的我也說不清楚，暫時隨他去吧！

一九五八年，金門炮戰，第二次台灣海峽危機，大事。五九年，台灣八七水災，大事。六〇年吧，我八歲，我爸那時才四十六歲。夏天，陽光普照的那種天，爸騎著自行車載著我，碰到一件大事：由信義路四段騎到仁愛路敦化南路的圓環，整個一個大圓環人山人海，有警察維持秩序，圍著馬路邊，十字路的每一邊，循著北邊的方向到松山機場，都是人。應該都是自動來圍觀的，也應該說是來歡迎的，歡迎誰？美國當時的總統大衛・艾森豪。

爸爸把自行車停好，我們在人群的較後方，爸扶我站在自行車後座上，我可以看到好遠了，沒等多久有兩排士兵騎著摩托車開道，後面就是蔣公的凱迪拉克敞篷禮車。當禮車由機場方向往南在圓環轉一圈的時候，我清楚地看到蔣介石很親切地坐在後面微笑，而艾森豪是站在前座的客座位上，左手扶著擋風玻璃，右手向歡迎他的人群招手示意，他是更大的微笑，那個表情是沒有發出聲音的大笑。當時我才八歲，看他們倆自然是當老頭來看，到今天為止，看過多少老人了，記憶裡就沒看過像他們精神這麼好、這麼亮的老人，紅光滿面不說，而且他們倆都很興奮！尤其是艾森豪，笑得發亮，亮得似乎有光照出來！我就記得這個畫面，旁邊這麼多人的歡呼聲以及其他什麼事，我一概沒記得。

我問爸爸他來台灣幹什麼？爸爸說他是來幫「我們」的。如今想想，當時那種局勢，還真不知道是誰來幫誰的……兩個很興奮的老頭，走進歷史了。我雖然不「瞭解」他們，但是我也算看過了，人與人之間，殊不知真正的「瞭解」是多麼稀罕的！

念海專的時候，常會在西門町逛。有一天中午，在台北「國賓戲院」門口，突然間見到嚴家淦先生，個子真不高，穿著西裝，紅光滿面，很客氣地下了黑色轎車，迅速地由人迎接進了戲院，當時是早場已過、午場未到的時候，專門為他或他們幾位放一場看，大人物嘛！忙，那年頭這樣看一場電影，情有可原。

還是在海專的時候，我們同學經常會在周末中午下課，去行政院的員工餐廳打打牙祭。我和史陽明同學，高高興興地走在去往餐廳的花園小徑上，快到餐廳的時候，兩人同時不說說笑笑了，看到前面走來一個胖一點的中年人，紅光滿面，愈看愈像蔣經國先生，又走近了一點，還真是他！他就一個人！大概是剛剛吃完飯，有點像在散步，很悠閒地朝我們走來，我們倆是真沒出息！愈走愈近，愈走愈近，走到七、八公尺遠的時候，我們倆自動轉彎了！看輸他了，比氣沒比過他，丟人哪！第二天還自嘲地說給同學聽，唉！這麼傑出的人，我們怎麼就不懂得上去跟他問聲好呢？他又不是小流氓！我們將心比心，或心裡有鬼了。懷念感激他為台灣所付出的心血。那麼大的人物，吃飯就吃一個員工餐廳。

年紀愈大，對人的閱歷自然較多了，尤其是演員這個工作，去體驗一個人或者一件事，或一本書、一支音樂的目的和方法，或許跟其他人會有不同的。

二〇一三年七月

# 一種人類的情感

最近又重新在網路上看到從我學生時代到我三十多歲時還紅的一個樂團，英國的，叫「皇后合唱團」，依然震懾，感動，令我不得不重新把他們拿出來自我回味一番，也可以說是感念一番吧！

主唱弗雷迪・墨裘瑞（Freddie Mercury），大家都叫他弗雷迪，他自己取了後面墨裘瑞的名字，水銀的意思。他爸爸原來給他取的是個很奇怪的印度名字，姓也是一個很長的姓。他是印度裔，在非洲出生，英國長大，大學的時候念的是跟聲樂、藝術及圖形設計有關的專業，鋼琴也彈得怪而精采。許多人都知道他，愛聽他唱歌，看他表演，他受到很多英國當代傑出的搖滾前輩的影響，也受到抒情歌手的影響。除了他，其實他的隊員們也個個充滿才氣，而且性格鮮明。

在某一次訪問紀錄中，他們自己也談到：因為他們各有才氣，個性鮮明，所以共同創作時，常常辯論激烈。他們心裡都認為，誰要是在創作辯論時，因為受不了別人的意見，受不了別人的衝撞離開樂團，會被視為軟弱投降的表現，也就是喪家犬！所以基於他們各自的好勝心，他們才能一關一關地、在處於創作的時候，從自然升起的自私、不同的自以為是，與自我傲慢的人性弱點中走過來，也使他們的樂團在二十多年中，不斷地推出對全世界影響深遠的「搖滾」音樂歌曲。

歲月一走，時光回頭，看著他們當年的舞台表演和ＭＴＶ的設計（他們好像是最早的ＭＴＶ拍攝製作群），我感觸良深！他們怎麼這麼聰明，那麼懂得珍惜生活，珍惜才氣，珍惜共同的表現。他們這麼年輕似乎就完全了然人生最大的藝術，其實就是「表現」，表現到生命結束，都還真心地跟你說——雖然以前的日子都過去了，但是還有一件事情是真實的，那就是當我一看，我發現，我還愛著你。唱完最後一句「我還愛著你」之後，再用化過妝的病容，安詳地對著鏡頭輕輕地說了一句「我還愛著

皇后合唱團的主唱弗雷迪・墨裘瑞。（圖片提供：達志影像）

你」。弗雷迪從此不再表演，兩個月以後死了，是由愛滋病帶來的支氣管炎。臨死前一天他才跟媒體說：「我得了愛滋。之前（不說），我只是不希望世人同情我，我又希望人類可以盡早找到方法對抗愛滋這樣可怕而無情的疾病。」在英國，居然很多地方可以看到他的粉絲或是後人們為他豎立的銅像，造型多為他在台上表演時的身影。如今，我都過六十了，看看那個時代的人，那個時代的藝術，風塵僕僕而又帶著浪子的慈悲，獨立蒼茫而又瀟灑地從世人身邊走過。他，主唱者，弗雷迪，把他自己充滿痛苦和驚豔的人生遭遇，透過努力學習、反省、團結、表現、藝術加工以後，美呆了！若說人生有何意義，這不就是一種意義？他們真，不撒謊；善，不幹掉誰；美，表現得漂亮；壽命的長短，顯得不太重要了。

「搖滾」，不能亂搖。搖滾的人，有高遠的眼光，卻又知道自己的卑小，看起來很叛逆，卻表現得不懼亦不喜。苛求這個世界，可是在努力過後又心甘情願地接受，在某一種目標的追求中，可以虔誠地去奉獻自己，乃至塑造自己，有的時候覺得他們很聒噪，可是看到他們把準備好的東西，在台上投入全副的熱誠，又覺得這世界缺少不了他們的聒噪。突然間，仰首在歷史上想想類似「搖滾」這般自由奔放又依樂理而行的人……老子？李白？竹林七賢？蘇格拉底？米開朗基羅？伽利略？牛頓？不行，外國人要算上就太多了。或者孔子？孔子要玩「搖滾」按理說也應該在七十歲以後了，從心所欲而不逾矩嘛！對，「搖滾」的人就像是一個長大了的小孩。大人，而不失赤子之心者……又會創作，又會「表現」。懂得規矩，又甩得掉規矩的枷鎖，早知道我當年就去搞「搖滾」了。

二〇一三年十月

# 奇人異士

一九八九年第一次回河南老家，遇到許多新鮮事，不勝枚舉，可能跟沒聽過沒看過有關係吧，所以印象就很深刻了。說個小故事……

有個姓王的老頭，光頭，留著很漂亮的白鬍鬚。我看到他的時候他七十左右，應該算是獵人，但是從不用槍或別的武器，他在太行山裡經常出任務，每當太行山下的村莊有牛羊家畜等牲口，被猛獸下山吃掉或咬死的時候，就會通知這位王老漢，他有興趣，就會去出任務。

據說他這一生打了有六十多隻豹、十幾頭老虎，狼無數了。不是用刀槍或陷阱，也沒有毒針毒藥，他用拳頭！真的。

我一開始當然不能全信，可是我們村子裡的人都這麼說，我便信了一半。走，讓我大哥帶我去拜訪一下他，就住在我們村子旁邊兩三個村莊外，也是一個小村子，路邊大都是高高的白楊樹，屋子不大，王老漢出門來接我們，跟著出來的還有一個小孫女，六歲。

閒話一番我就直接請教王老漢：「您真是用拳頭打豹啊？」「是啊！那可不是！」他說。問他如何打的？他輕鬆聊天說來：「其實不難，就是要冷靜，看得準，打得穩，你自己一個人就夠，人不好帶多，就一個人，帶夠乾糧，水就喝山上的，捆綁用的麻繩圈、麻布袋，要有耐心靜靜地等，或者找。」

通常人遇到豹的時候，豹子是不怕人的，尤其是就你一個人，豹子更不甩你了，牠喜歡背對著人坐著，不理你，老漢這時才見機不可失。他會先對著豹大喊一聲「打」，右手也同時作打狀，豹子一聽到人聲會立刻回應一聲「嗷」，然後又不甩不理老漢了。老漢再用力地挑釁它「打」，豹子又回應一聲「嗷」，有一點不耐煩可能會出現。第三次要再挑釁豹子的時候，就要特別小心，因為它已經失去耐性而心煩了，會突然間凌空撲過來，你只要站穩步子，腰腿合一用力出拳，打中豹子的鼻子，重力加速度，豹子會突然像貓一樣半暈在地上，雙爪會搓鼻子。這個時候你就快點上去用繩子把它綁起來，套進麻布袋裡，扛起來下山，你愛怎麼扛就怎麼扛！講完了。打獵結束。至於要走多遠？是不是有車來接？要不要先結束豹的生命？每隻豹子的反應都是這樣嗎？沒有答案。

老漢有兩個兒子，從小看父親打豹，長大了又協助父親打豹，直到後來就瞞著老漢，自己上山打豹，這樣獵物就屬於他們自己的。為此，老漢還多有抱怨。

老漢家裡沒有什麼家具，客人來了坐的椅子，其實不是椅子，只是一堆泥土，外面用豹皮套起來，就當成可以坐的地方，這是我看到的。小客廳牆上掛滿了錦旗，各地方人士、地方政府送的，名詞花樣很多，印象最深刻的，寫的是「現代武松」。他曾請我父母吃過一頓中飯，媽媽說他一個人就喝了半鍋稀飯、兩個饅頭、兩隻雞！也跟他買過兩張豹皮，全身真的找不到一個傷口。

日本電視台來採訪過他，請他當場示範，豹子從鐵籠裡一放出來就撲向他，他就是全力一擊，豹子倒地上了，太快，攝影師來不及捕捉！請他重來一次！老漢打死不幹，旁邊的幹部慫恿他：這樣才更顯您的能耐啊！老漢不便堅持，終於現場重新布置……鐵籠一開，仇人見面分外眼紅，豹子風一樣撲過來，老漢用雙手居然抓住豹的雙肘，用頭用力一撞，豹子再度倒地，大家喝采。日本電視台工作人員離去，由縣政府搬去老漢家的沙發，又送回縣府，老漢為此，多有抱怨……河南孟縣，我老家。

二〇一四年四月

# 真真假假的江湖

## 一場混亂的撤退

早就知道這個世界是許多真真假假加起來的，經常不該相信的事情，被大肆報導和口口相傳，反被人深信了。世界、國家、社會，某一部分的社會，都彌漫著各種真真假假，食、衣、住、行，人情世故，乃至養家餬口到普世價值的信念。而，「江湖」更是自古至今，真真假假的、藝術加工的經典領域。

一九四九年初春，上海的局勢突然吃緊，很多跟政府有點關係的士農工商、軍公教人員，都待不下去了，奔相走告，相談：走，還是不走？走哪去？離開上海？往美國？往歐洲？往香港？還是隨國民黨去台灣？

陰沉沉的春雨，下得特別不主貴。人們對未來沒有盼頭，兵荒馬亂，通貨膨脹，錢如廢紙，社會秩序亂了。張恨水寫的《紙醉金迷》，只描寫了一部分的上海人心，蔣介石下令上海撤退實在匆忙，這麼大的事！誰還都沒什麼經驗。青島撤退秩序不亂，早有準備的關係，連兵工廠裡的工人家眷、木箱子，甚至玩具，也能帶到台灣來。上海，亂、搶、爭，比誰幸運誰不幸運。有錢的大商人知道自己留不住，行動得早，把城裡的房子、鄉下的地統統賣了，買條貨輪，四五千噸的，帶著家人、紡織用的機器、資深的工人、金條，來到台灣，找機會再創業；還有的去了香港、南洋（東南亞一帶），也都是不慌不亂，保留了再起步的實力。

有「上海皇帝」之稱的杜月笙，知道共產黨不比日本人，不比國民黨，江山易主，知難者必退，杜月笙安全地將家業妻小帶到了香港。選香港應該是適合杜先生東山再起的地方，無奈沒有多久，他就病重告危。消息傳開，大陸、台灣、南洋，幫裡幫外，黑白兩道，震驚地看待，都派來了人到香港探視，也可以說是「送行」了。

一場大陸的撤退，戰亂遷徙，人心浮動中帶著焦躁不安，好不容易折騰告一段落，心裡那口氣一鬆，病卻上來了。一世精明幹練的黑道老大，躺在病床上，看著各地趕來看他的朋友……虛弱的身體掩蓋不住精明的眼神……似微笑似莊嚴地只說「大家都有希望……大家都有希望」，不一會，就走了。

杜月笙的行事作風，幾乎全寫在臉上，就是「你不要亂來！聽我的沒錯！有話你說！別耍花招！否則要你後悔不及！賞罰分不分明我說了算！不服氣放馬過來」，幾十年在上海灘，風格清楚，招牌響亮，從優勝劣汰、弱肉強食的價值觀來看，那杜月笙看誰一眼，誰就不得不稱他為「先生」，別的都不敢稱呼了。這人的表情，看照片都會怕他，怎麼長得這麼精明？這麼不苟言笑？好像是一個沒有一句廢話的人，派人去殺一個人，結果槍手沒成功，第二天與想要殺的人還見到了面，兩人都可以像昨天沒有發生任何事一樣，正常寒暄。

他在自己病重之後，知道可能是大限了，遣散，以及介紹幾個好友——有特殊技藝的人給當時的一些朋友，包括介紹一位多年來幫杜先生擺平江湖恩怨的林先生。林先生是寧波人，說話口音和蔣介石的奉化縣可以說是相通的，杜先生臨終前把林師傅介紹給了蔣介石，因為林先生的太極內功相當深厚，當年也才五十出頭，功夫正在爐火純青的初步，只會更好的一種境界。但是，蔣先生和林先生可能是志不相投，也可能在蔣先生身邊，太多人際關係的角力戰，林先生離開了，江湖上的人開始注意他……

## 武術變成了傳說

自古就有「文人相輕」，練武的人更是容易，不止相輕，還會「相妒」，還瞎打聽別人如何如何。清末民初的時候，據老人們說：個人武術，修鍊得好的，真是大有其人。

大俠霍元甲確實是兩膀千斤力，摔、拿、打的功夫是真被江湖上的習武之人服氣的。霍元甲當時應天津市政府的要求，為小學生的體育課發展過一些套路拳，比方說彈腿一路二路，給小孩上體育課練著玩，健身強身用的，埋伏拳差不多是給初中生練的，而後來的「迷蹤拳」只發展了一半，沒有完成，本來是為高中的體育課發展出來的，拳沒編完人出事了，被日本人害死。當時「大刀王五」確有其人，為了替霍元甲報仇，還改名為劉五，大刀王五為人義氣正直，據說他的後人不再習武，但是槍法練得很好，好像在抗日期間是打游擊的。

這一百年來，中國武術由盛變衰，由高深的造詣慢慢地變成了形式化，體操健身化，時間長了，真的就沒人相信有輕功、鐵砂掌、梅花針、刀槍不入、喪門釘等等十八般武藝了。因為太久沒真的看到，那些只能靠人去教人，靠耐心、智慧和緣分才能練到的真功、神功，所以武術的文化已經沒了。

燕子李三是民初時的北京飛賊，我母親上小學的時候，同學經常都會聽說他的事，關注他的消息。一會就傳說李三又被抓嘍，過幾天又聽大人說李三又跑了！李三又跑了！監獄的設備只能讓他自由進出。台灣在日據時代也出過一個飛賊廖添丁，劫富濟貧，義賊。一九五幾年左右，也聽說有一個老是抓不著的、很會翻牆越壁的高錦忠，傳說中他就不算會輕功的了。

人的身體有太多秘密讓人忘了，或者還沒有發掘出來。武術，在冷兵器時代曾經有多輝煌，也就只能在武俠小說裡繪聲繪影一番了。真功夫都難練，比方說金鐘罩。一九一九年的上海灘，確實有俄國大力士來挑戰，賺比武的錢。比賽徒手即可，沒有規則，立下生死契約，打死不負責，沒有拳套，沒有護具，各憑本事。俄國大力士十分威風，沒人敢比。當時有一個從山東到上海灘來闖天下的武術家馬永貞，練的就是金鐘罩，強大的內功，力氣很大卻不胖，山東人拿手的卸骨法他也曾經練習過。馬永貞上擂台去挑戰，就是高手過招型的，上去抓住大力士的手，他就甩不掉了，用肩膀一頂、二頂，用膝蓋在大力士的雙腿和腰部踹了兩下，俄國大力士的雙臂就被馬永貞卸掉了，骨頭脫了，雙腿也從大腿根處斷了，癱軟在台上抖了很久，癱了。沒到醫院就死了。

馬永貞因此一戰成名，在上海灘聲名大噪，便收了不少徒弟，徒弟有的不好好學做人，在外面惹事生非，都是打著馬永貞的招牌。時間長了，又沒有很好地與外界溝通，各方的勢力暗中決定要去掉馬永貞。

這個計畫是很長的，先悄悄地派一些人去拜師，繼而靠近馬的身邊，取得馬的信任，可以信任他們到成為自己的貼身隨從，伺候馬的起居，打聽到馬永貞的罩門是在頭頂。有一天早上起床，馬永貞像往常一樣洗臉，洗完臉閉著眼睛伸手要毛巾，突然間一把斧頭就砍進了他的頭頂，他立刻提氣閉住全身的氣脈，這時臉上又被撒了一把石灰粉，眼睛睜不開了。馬永貞知道自己被人害了，他直奔大門，擋他的人立刻不是被打死就是重傷倒地，斧頭再也砍不進去了，把門鎖好，閉著眼睛打完最後一口氣……這事情是沒有被打死的徒弟逃出來說的，可見金鐘罩練成了有多可怕！

## 能聊就是不能來真的

而馬永貞是在閉著眼睛伸手要毛巾的時候遭到攻擊，人是放鬆、沒有閉住氣的情況下，頭頂才會被斧頭砍進去。當他開始閉氣、防守和攻擊時，斧頭再也別想傷他，砍在身上如同外面有一層透明的防護罩，就是由體內橫生出來，可以籠罩全身的「氣」。如今說這種話不知道有幾個人能理解，或者相信。

別不信，一九六一年以前，這種水準的人都還有，相對的，鐵砂掌、形意拳的高手也各有其人。一九五五年左右，已經紅遍日本職業摔角界的「力道山」，是由一位韓國華僑、據說也是山東過去的老華人，傳授他功夫的。力道山是韓國人，到日本去打天下，不容易，除了一手硬功，摔角的功夫底子也很齊備。但是在關鍵時刻要打擊對手，或者「毀滅」掉對方時，用的總是「鐵砂掌」，據台灣的一些老練家子們判斷，他的鐵砂掌功力，應該是七成以上了……（十成又是什麼樣？無法想像）。

一九五〇年代，算是美國職業拳王的喬・路易（Joe Louis）的拳擊生涯輝煌期，有一次來台灣，在三軍球場舉行表演賽，台灣請出當時的亞洲拳王張羅普上台對打。喬先生全身的肌肉線條一亮相，大家立刻同意這個人為什麼被媒體稱為「褐色炸彈」。他步法穩健卻行動如風，大氣，雙拳不護雙頰，只是打開來在前胸兩邊，等對手過來攻擊，他很客氣不好意思主攻，張先生只要攻過去，喬先生招來招去兩三下，台下便一起「唉呦」一聲，令人印象深刻。

當時來參觀拳賽的人海中，除了大部分看熱鬧的觀眾，也不乏一些生活在武林中的高手——包括少林拳地位很高的韓慶堂老先生，他最擅長的是背穴，就是按到人的穴位之後，加擒拿的手法，瞬間制服對手，在中央警官學校，擔任過多年的總教官；還有螳螂拳好手魏笑堂；南京全運會摔角冠軍常東昇；以及太極拳界的好手如王延年、鄭曼青；還有前面提過的杜月笙先生的好友林師傅……其他不清楚的武林前輩，各門各派的，不計其數了，三軍球場，那天晚上，氣場很強。

一九六一年到一九八一年，這些台灣的武林高手，老的老，走的走，也有盡力將自己所學傳給弟子的，但精采而得真傳的人，寥寥無幾。一九九一年以後，市面上教功夫的道場，已經差不多都是活動活動手腳為主、聊一聊中國功夫為輔的一種流行文化了——老師穿一身中國唐裝，或者奇怪一點的衣服，上電視聊聊，和學生套好招秀一秀，糊里糊塗，也能聊出來成百上千、乃至於成千上萬的學生，來繳費學功夫……「內練一口氣、外練筋骨皮」的一般傳統功夫，都已經看不太到了。

那，到底有沒有人還在練呢？應該是有，但是這年月……就算你練出來了，你敢露嗎？你不怕人眼紅，不怕得罪一直希望你提供秘方的警方或黑社會組織？除非你只是個三腳貓、半瓶水，不怕出名也不怕丟人，聽得多，看得多，就是練成的不多，能說能聊就是不能來真的。這也就算了，打著功夫騙功夫，以人多來招搖賺錢的功夫商人，也不少，心知肚明自己不行，乾脆保持沉默，找好扮相，不明就裡的學生，一眼看去，也像「功夫高手」，事實上，可能一推就倒了……

## 某一種僅存的練武者

一九六四年，台北市吳興街的環境還很清幽，雖然有個大學已經在了——台北醫學院，還有一個百來戶的小眷村——四四東村，以及沿著小山坡而建的一些當地居民，沒什麼汽車，公車都半小時以上才一班。所以沿著山邊小路走到山腳的起點，就已經有清幽的感覺，有一位很有學問的高僧——道安法師，聽口音像是江浙一帶的寧波人，發心在那裡蓋了一座兩層樓加起來才一百三十幾平米的佛堂，那就是松山寺最早的建築（大約一九五幾年就有了）。

道安法師在佛教界的地位很高，台北中央圖書館裡有許多唐朝手抄本的佛經，就是他一點點加注和翻譯的。他晚上不躺下睡覺，永遠是坐著睡，應該就是打坐吧！聽人說他修的是「不倒丹」，「不倒丹」這個名詞只是一般的稱呼，在佛教裡的經書當中並不重要。每隔一段時間，陽光充足的天氣，他的床就會被管理人員抬出來曬曬，果然只有一米見方，是沒法兒躺著睡的，金黃色的絲綢帳子，高貴而美麗。

出家人修出家人的佛法，在家人過在家人的日子。一九六四年，松山寺已經把供奉釋迦牟尼佛的大雄寶殿初步完成，寺裡住著僧人，也住了一些居士。每到黃昏尾巴，天擦黑的時候，總會看見一個大同中學初一的學生，穿著制服，騎著一輛二八的腳踏車，臉色紅潤、外貌忠厚的，像下完體育課的樣子趕回家，他叫「阿幫」。一晃三年，阿幫初中畢業了，考上了師大附中，大概是功課較忙了，比較沒那麼常去松山寺，寺裡的人口基本沒變，只是出家眾人有搬進搬出一小部分，寺裡的建築速度，成長得很慢，倒不是老法師的號召力不夠，應該是台灣的經濟力量還在克難期。

村子裡年輕人，凡是好動或者好武的，都知道阿幫是去寺裡練功夫的。練什麼功？沒人知道，村子裡的小流氓看到阿幫忠厚有禮貌的樣子，也沒人去找他麻煩，當然也不知道他到底練得怎麼樣了。

阿幫在松山寺裡是磕頭拜的名師，學的是氣功。村裡的春風少年兒，也就是俗稱的小屁孩，練的是打架，偶爾利用打球、踢球、吊單槓來加強一下力量與速度，真打起來，還是得靠經驗，靠人多。別看四四東村是個小型的眷村，架可是沒少打，太妹偶爾也會參加，當然她們只能算玩票的。村裡比較團結的男孩，有個小幫派，叫海盜幫，也曾經有過輝煌期，也都隨著陽光燦爛的日子過去了。唯有一位叫「木頭」的，練過幾招，木頭姓穆，雖然只練過幾招，可是卻練了幾年，最多一次是一個人只拿了把木劍，打跑了二十多個恆毅中學的好動小屁孩兒，也算走路有風了。幫派的戰爭在於團結，在於計劃，在於組織嚴密，然後才在於武器精良與否，跟練不練武功沒什麼關係，因為真需要害怕、真需要小心的練武者，在那個年代基本沒了。

阿幫，算是某一種僅存的練武者，他的身體乾淨，五臟強大，血液循環可以自動加速，因為練得早，練得勤，時間也不算太短，所以內功氣功的門檻，算是進得去了。他出拳很土，但是可以傷人；他的腿沒有跆拳道踢得高，但是能把人腿踹斷；他沒有健身房重量訓練出來的肌肉，但是一般人拳打腳踢他到累為止，他沒有感覺；他沒打過架，也沒人打過他，可是他自己知道，他完全可以這樣……

村子裡的「木頭」，是跟一位軍人叫「馬師傅」練了一些劍式和簡單的散手，也是因為練得勤，本人反應也快，算是馬師傅較早收的徒弟。

當時的台北醫學院，有一個大足球場，校舍之間還有一大片草地，那塊草地旁邊，就是教學大樓的穿堂，地方夠大，夠一整個柔道社團的學員在那裡練習，還不影響過往的師生，有一位現代的年輕劍客，就是在那裡悄悄誕生……

## 年輕的劍客

這位年輕劍客叫戴朝南，一九五二年生，個性較木訥，十六歲由士校受訓畢業，分發到台北醫學院隔壁的一個二級汽車保養廠工作，階級中士，身體不錯，大概也是愛好武術的關係，被馬師傅這位終身以練武者自居的老士官長看上了，收戴朝南為徒或者說為「學生」，因為他們的關係是沒有磕頭的。

戴朝南聽話、忠厚，有點像金庸筆下的郭靖，屬於恆練型的，話少，用功，每天早上三點就被馬師傅叫醒，在北醫的大穿堂裡壓腿、拉筋，基本功很好，大叉、小叉都能劈開到底，後腰也夠柔軟，大腿粗，胸厚，小手臂大手臂相當有力，三年風雨無阻，一個人在北醫大穿堂裡，摸著黑練武、練拳、練劍到天明。

在大陸的武術表演還沒要傳到台灣的電視上時，他的劍法已經相當純熟！練的是什麼劍？沒人知道，因為有一部分是馬師傅自己編的。馬師傅他雖然身材瘦小，可是聰明，沒正經拜過師，都是偷學、自修出來的功夫，說高不高，因為不是出自名門名師的教導，可是說低也不低。馬先生是個狂愛武術的老軍人，速度很快，手上拿一雙筷子，雙手就舞將起來，連偷帶編的，也練出一套滿好看的「雙匕首」！身、手、眼、步、法俱全，功底，比許多人都有，主要的是他腦子裡，一直希望可以訓練出比他要強的武者，所以，他對年輕人的注意和尋找，沒有停過，木頭、戴朝南，都是他精心調教出來的。

戴朝南的劍法，剛勁、輕柔、快速、圓融，外圍似乎還籠罩著一圈氣，非常大氣而且好看，實不實用？……那個年代，武術已經很少人去實際驗證了，戴朝南的劍法，海峽兩岸，難得一見。後來他十九歲時，又隨馬師傅開始練習鐵砂掌，這回可就更是玩真的了。當時也有一個糊塗小屁孩兒，跟戴朝南同年，自小也愛運動，住在四四東村，與馬師傅認識幾年了，也就被邀和戴朝南一塊練起來，兩個人練不寂寞，也是風雨無阻。但練到一年多的時候就沒練了，戴朝南一個月薪水五千元台幣，一半拿去買補腎丸（俗稱大力丸），一半拿去買生牛肉，每天吃。補！真補！另外一個小屁孩身體也很強壯，但是家貧無法供應這兩項開銷，就靠天生的底子練吧。

前面說過「玩真的」，什麼叫玩真的？更前面說過鐵砂掌，近代有個「力道山」，是唯一被肯定的、真正的練家子，鐵砂掌一揮，六尺大漢應聲躺下。而這鐵砂掌，馬師傅年輕的時候就偷練過。為什麼老說人家偷練呢？因為沒人答應要教他，他又聰明，連不輕易示人的洗手藥方，他都搞得很齊全。方法、設備都得有啊！鐵砂怎麼來呢？到鐵工廠去，經過老闆允許，三個人（師徒吧）蹲在練鐵的火爐旁邊，慢慢撿。人家下班了，鐵渣子一地都是，有大有小，大的約一點五釐米，小的約零點五到零點八釐米都有。撿的鐵豆子都是熟鐵的，還必須大小不一都撿，因為如果都一樣大，鐵豆子會互相擠死，手就插不進去了。有的鐵砂不十分圓，還帶著芒刺一般的尖頭，也撿，馬師傅說需要，萬一練的時候刺進指尖，沒關係，有藥水洗手，刺到快一年的時候，拔出帶尖的鐵豆子，手指都不會流血，肉裡是白色的肉！只有氣會通過，血不外流，不懂到底為什麼，但是真的就是這樣。

兩個小屁孩被馬師傅教會了練習的手法和過程，就開始了，中國古代真正的武術之一鐵砂掌！四十公斤左右的鐵豆子，用醋在乾鐵鍋裡一點一點炒過，炒完了鐵豆子就充滿一層乾淨的黃鏽，另外那個小屁孩兒練得也很認真，就叫他李力群吧！

## 真功夫被遺忘了

這個李力群十七歲開始，練了一點迷蹤拳，算是練習武術的啟蒙拳吧!!在學校書念得真不好，在海專念航海科，平常沒有任何壞毛病，除了運動就是運動。可惜那個年月的年輕人，訓練的環境少，名師多不公開或者大量地授徒，所以嚮往歸嚮往，真能有系統地練武、不瞎練的人，少之又少，了不起就是學校的武術社，老師當體育課一樣教社團的學員，練點八卦掌啊，刀啊劍啊一些初步的武術，雖然各門各派的東西還算常見，但是有功力的，練起來能嚇人一跳的，比方說戴朝南吧，像他那樣身手的，已經少之又少……

李力群在練習鐵砂掌之前，就在松山寺裡跟一位林居士，內功高人，磕過頭拜師的，練過半年多氣功。別看只練了半年多，他在十九歲的時候，和戴朝南兩人，去立法院玩，當時立法院的太極推手水準在台北市是享有盛名的，因為老師是楊派太極好手鄭曼青先生。小戴和小李慕名而去，兩個年輕人聯手跟將近十位四五十歲的老手推起來，力群的內衣都被扯破了，但是簡單地說吧，橫掃一片。後來就再也沒去過了，生性害羞的兩個年輕人，不好意思去了，也就成了一個小小的回憶。

年輕時好動好武的男生，每個世代都不在少數，這很自然，興趣相投的多了，知道的，聽說的，看見的一些形形色色的武術也就多了。但是每個行業裡都有一種邊緣人，說他是「邊緣人」的意思，就是他也不外行，因為有興趣，所以愛聊，聽得多，看得多，知道得多，就是練得少，就算練得不少但是不深、不精。有個也姓李的，叫李封山，就是個經典邊緣人，後來還靠宣傳成了氣功大師，其實一推就倒！人家既然已經靠這點名氣當飯吃了，那點功夫既成不了大功，更害不了人，就不多提了。可佩的是他二十二歲以後就一直吃素到現在。

力群跟朝南算是有緣，因為風雨無阻地練了一年多的鐵砂掌，偶爾聊天，偶爾互相推手（太極推手少林的式子），也沒出去比什麼賽。現在替他們想想，當時本來在台灣就沒有自由散打的比賽，這兩個性情善良的人也沒想去拿什麼成績，拿了也沒什麼具體生活上的幫助。再者，也只有馬師傅和他們倆明白，雖然沒練過太多對打的搏擊練習，可是只要被他推到，很少有不倒，只要被他們的手掌打到，沒有不痛得跳起來，或者蹲下去能站起來的，兩人都試過，心裡明白。那三腳貓式的馬師傅教學法，居然也讓鐵砂掌的火候，悄悄地在兩位年輕人身上有了幾分。練得勤的一個階段，約第十個月左右，走路經過平常都不太敢經過的山路或野墳公墓，都比以前膽大、氣足，心裡明白，跟掌上的陽剛氣有關，很微妙的理論，但是就是那種感覺，邪神亂鬼近不來。

據說在冷兵器時代，中國的個人武術裡，光是練掌的就真是有很多種，隨意舉例：鐵砂掌、開山掌、八卦掌、氣功掌，還有金砂掌！鐵砂掌就是借助藥方，把鐵鏽的精華融合進人的手掌，與全身氣脈和諧相處，不是比誰的手硬，而是靠著人類都有的氣息，將鐵鏽的精華（姑且稱它為精華吧），打進人體，哪怕只是稍稍用力一搓對方的頭部，對方就會昏沉沉如重感冒一般，這是真的。開山掌沒見過，顧名思義是力氣很大能把石塊擘開之類的硬功。八卦掌有分先天後天，先天練得好的，一定要練氣，否則自己的肝、腎就先支付不了。氣功掌，當然是要先有雄厚的氣功、內功的底子，而運用手掌為攻擊的方式，練得好的，打死人、救人都很有用，這是真的。

個人的武功藝術，在這幾十年，迅速地消失。古代或者一百年以前，老祖先們對武學研習的智慧，被現代的工商業社會快速地淘汰了，有些真功夫，不是有些，大部分的真功夫，被遺忘了，都相當相當地可惜。如果那些功夫也是一種表演的藝術，那可真是身、心、靈都得實打實地去練，才能稍有成就的，那些武藝真是所謂的「中華瑰寶」，沒了，真正可惜了，真正可惜了，真正可惜了……它們，大都是真正的存在過，它們體現出了什麼？不多說大家也能意會。這些故事，說得突然，收得也突然點吧！以後再說。還有想說的衝動，要說得更好。

二〇一四年十一月～二〇一五年五月

# 全民演出開始了

台灣的選舉季節又到了，這二十多年，我們花在選舉上的金錢、體力、心力、還有選完之後的併發症，好像都不能治療選民和政治人物的心病，這心病大概是「團結」吧!!

台北的學生活動，上街頭，反課綱，我都看不出來誰對誰錯，但是「學生」，肯定是主角，免費演出，愈熱鬧愈好，上頭無能，擋也擋不住，勸也勸不動，收也收不了，退也退得不漂亮。群眾運動在台灣，民進黨是最有經驗，對台灣的民主制衡，有一定的功勞，但是也經常拿起鬨當飯吃！尤其台灣現在愈來愈窮，如果再不團結，這兩大黨幾大派都算廢了！

台灣人想快樂地生活，卻快樂不起來，一搞運動，一選舉我就快樂不起來，我也知道假如我不去快樂的話，是沒有什麼東西能使我快樂的，所以我就乾脆躲在大陸找戲拍，眼不見為淨，因為我計較。兩大黨幾大派的毛病在哪裡？我這個年紀的閱歷，再也不迷惑了，什麼人在電視上說什麼事，心裡想的又是另一回事，大致都能看穿聽穿他們，因為我計較。所以，我開始不佩服他們，而且看著他們就不快樂，政治人物不管什麼黨派的，也少有看到快樂的面孔。大都在裝，裝誰像誰，誰裝誰像……

如果我們的年紀已經是父母級的了，那麼，父母最終是不能決定孩子的命運——他會選擇自己的道路。但是年輕人若還在幼弱期，希望父母提供他們庇護、溫暖，而不是讓他們趁著年輕無罪、青春無悔、造反有理的條件，任人擺布，卻不會把課綱的主題拿出來一再說明和解釋，老在擴大活動，擴大這麼多年了，還沒學會「溝通」「說明」「討論」，就是翻臉，說哭就哭，說鬧就鬧，雖然表面上好像很安靜，其實心裡已經有了預定的答案——跟他們不爽的大人翻臉。

而上台的也活該，一兩百號幾十年黨齡的人物，就沒有幾個或一個，能走出來被學生接受、和學生討論，以及使事情真的得以和諧解決的人物，為什麼呢？很簡單，他們的心思已經死了很多年，聽不到、看不到八〇、九〇後的心聲，更別談教育！

民進黨也一樣，一樣聽不到了，只是他們比那些藍色的老頭，好像年輕一點點，人也清楚一點點，柯P最聰明，可是這種人又不能出來選，其他的人一定要計較的。

藍綠都沒人，都沒有一個清楚的理念：我們到底要往哪裡走？從他們的說話，感受他們的心情、神色、姿態。我對人的認識，往往就是一種情感的體驗。看著那一兩百人，我只想回家射箭、寫毛筆字，靜下心來過日子，你們要怎樣我都不信，因為你們都太自私而且自大，你們辦不到的，說說而已，消耗掉的是我們寶貴的社會資源，等我們再窮一點，台灣就會像我們年輕的時候說的相聲一樣：台灣不用打，它會自己爛掉。

心痛啊！心痛那一兩百人不憑良心！不寫了！寫這幹嘛？躲在大陸拍戲吧！老年的我，誰也不敢指望，只能指望自己，八〇、九〇後的朋友！張大了眼，未來是你們在改變！加油充實自己，知識如果沒有正確地去行為，知識不能算是力量！

二〇一五年九月

# 誠實有這麼難嗎？

台灣是一個實行民主制度的地方無疑，可是我們這些年對民主制度，或者說民主修養，是正確的嗎？答案大概連初中生都知道：有問題！問題在哪裡呢？沒人關心，可能大家都有一定的主觀，也可能大家都忙於生活而懶得辯論了，大部分的人不去辯論，頂多看看電視上的名嘴，在他們的臨時抱佛腳後，偶爾還會發現民主，似乎還在「辯」跟「論」。只是色彩早就變了，不誠實了。

誠實有這麼難嗎？有！你誠實嗎？我誠實嗎？你什麼時候看過一個絕大部分時候都很誠實、裡外如一的人？連出家人還不放棄比誰地位高呢？連戰先生……我提他幹嘛？略過，連宋楚瑜都沒放棄愛台灣，我記得，他想愛過好幾次了都沒如願，現在這次還要愛？不知道該鼓勵還是該救助他！當我們把對一個人的愛，或者對社會的愛，當成一種私欲的時候，其實別人心裡都明白，就他不明白。這種愛，或者說這種民主的態度，就不知不覺地被「自大」包圍了，被自我傲慢給取代了，而聖潔的「愛」，也變成了討厭的「礙」，他就會死得很慘，輸得很慘，連晚年反省的力氣都喪失了。除非他從不反省，那倒高明了，我常常覺得一個不必反省的人，還能過得很愉快，而且也讓別人愉快，他一定是個心中沒有對和錯、行為沒有善和惡的大智慧者，而他？是嗎？

洪小姐真辛苦，希望她心中也沒有對和錯，善或惡，選上就當，選不上就算了！民主早就不靠檯面上這一兩百人了，柯P除外，我對他還抱希望，因為這個人好像沒大腦，可是做的都是正事，講的都是人話，但是不能靠他一個人，台灣這麼多人才，可惜就是對政治感興趣的不多，否則柯團隊不會太快就耗盡了市民對他的期盼。

這一次我離開可愛的台灣，到大陸來拍電視，有三個月了，從來沒有覺得三個月有這麼長！雖然有老婆在陪我，有兒女的微信和電話，依然覺得好想台灣，我老婆也想。這段時間還碰上了「法西斯戰敗七十周年」的勝利閱兵紀念大典，打開電視就是閱兵的重播畫面，以及如何準備閱兵，如何練習閱兵和為什麼要閱兵的說明，所有被訪問的軍人和百姓一致讚美閱兵這件事，讚美得都哭了。還有述說八年抗日戰爭的歷史，我是愈看愈糊塗，我小時候的歷史課算白讀了，我父輩的朋友原來都是騙我們的！那八年，他們到底去哪了？是個胸襟極為開闊的謎。

我想念台灣的人，台灣的禮貌，台灣的生活，我愛台灣，我們都對台灣有很多期望，真不希望我們的主大政者睜眼說瞎話，又讓百姓們陷入真情落空的遊戲中，年復一年，黨復一黨……一直以為可以為我們帶來安樂、幸福的民主選舉，變成了膚淺自私的輪替，暫時滿足一部分人早已物質化的民主精神，當局對民主的誤解，必須徹底改正，如果還不能改正，乾脆就放棄。

我其實一直都沒有放棄這個想法，說不定，哪天我們真的對實行民主投降了，失望了，放棄了，我們的民主智慧之門，反而開始敞開了！就好像在等人，等得不耐煩到要走的時候，人來了！希望在我們耗盡一切期望的時候，我們還有耐心，不疾不徐，不過分強迫那些主大政者，也許，他們的野心，就不需要有野心了。

二〇一五年十月

# 失去的小地平線

一九六〇年，在蔣經國先生大力推動下，退除役輔導委員會成立了，做了不少事情，開發了不少產業，替台灣謀得許多經濟效益，提供了無數的工作人力。其中建築蘇花公路、東西橫貫公路，百分之八十以上都是退役軍人，還年輕、吃得起苦的時候，成群結隊、數以萬計地去參加開路。其中還有一支人馬，鮮為人知的「民間志願隊」，也參加了東西橫貫公路的建設。說是「建設」，實際上開路的艱難度，不亞於作戰，每天、每一次的山岩爆破，都可能帶來坍方的危險，每多一點花崗岩打出來的路基，都是人血人汗積累出來的。因為科技和工具都跟今天是兩回事，所以工程就顯得浩大而輝煌。

其中的民間志願隊，多為大陸來台、經商失敗的商人，或與家人失聯的年輕人、壯年人，其中不乏知識分子，以及受過高等教育的早年大學生。有一位山東臨沂縣的陳先生，四十出頭，是上海聖約翰大學的畢業生，由大陸來台經商失敗。在上海動亂之前，他的生意本來很穩當，來台遭遇到通貨膨脹，賠光了。他帶著一些志同道合的山東老鄉和親弟弟，就挽起袖子，參加開路。從頭學起，吃苦耐勞的個性，堅忍不拔地隨著公路的逐漸誕生，當工程開到了東西橫貫公路的最高點「大禹嶺」，他們就申請留在大禹嶺駐紮和開發，還沒有「大禹嶺」這個地名，就有了他們這第一批居民。

「大禹嶺」是蔣經國先生後來給取的名字。有了居民，路也通了，陳先生就申請到第一個門牌號碼，他和幾位願意留下來的老兵（尚屬中年）開墾出許多荒地，種上蘋果和日本進口的水梨（就是後來的二十世紀梨）。那時，台灣的蘋果和日本水梨、水蜜桃全是有限的進口，賣價很貴，比今天任何市面上的水果都貴，屬於有錢人吃的。所以陳先生及留在橫貫公路山區的榮民們，所開墾出來的山地，因為海拔夠高，移植以上的水果合適而且成功了，因此經濟生活就得到很明顯的、苦盡甘來的豐收期，生活雖處高山，物資和物質生活卻毫不貧乏。

大禹嶺地處橫貫公路最高點，坐北朝南看去，西北邊是合歡山的幾座頂峰，正南是屏風山和奇萊山，山勢險峻，合歡秀麗，東邊是長長的峽谷，下午三點以後，就有成團的白雲湧上山來，一年四季幾乎一樣，夏天的下午，人們會自動穿上羽絨衣。那時的大禹嶺山莊，是「青年救國團」登山健行活動的主要棲息地，中餐、晚餐、第二天的早餐連帶便當，都是由山莊的工人加工合力完成。山莊屬於陳先生後半生的行業或者是工作，其實多少年的水果收成，陳先生早已不缺錢，替「救國團」辦辦活動，純屬幫忙的，也非他不可。

日復一日，年復一年，山上的風光百看不厭。曾幾何時，蘋果與水梨開放進口了，山上的果農就改種高山蔬菜，平地人也上山來包地謀生，大肆開採砍伐。大禹嶺人口多起來了，垃圾也多了，因為用堆肥有機肥，所以大量的蒼蠅每天像轟炸機一樣會撞到人臉上。人們已經忘了，或者不知道以前的大禹嶺是一個多麼安靜又美麗的地方，「九二一」大地震一夜之間，大禹嶺凹下去了，大禹嶺山莊，多少年輕人在那裡住宿、吃飯、篝火、唱歌、相遇相知的地方，沒了，再也沒了。

二〇一五年十二月

# 記憶中最早的一場婚禮

有一晚跟女兒聊天，從最近我們參加的一場婚禮，聊到我第一次對「婚禮」的印象。哦！那這一下子就跳遠了，我想了想，很快地那個年代，那場婚禮，就閃入我的腦子裡，而且在那之前，還真想不起來見過什麼結婚場面和結婚事項。從我五六歲說起，絕對不到六歲，因為我很清楚記得當時我還沒上幼稚園。

那時我家住在今天的台北吳興街，一個叫十三巷的彎曲小巷弄裡，很乾淨，那年頭好像哪裡都乾淨，因為沒那麼多錢去製造垃圾。小巷、小弄、小房子、小戶人家、小院子、小電線杆，限時專送的郵差，騎著BSA的英國機車進來送信，我們小孩兒是當場面來看的！

一天，像平常一樣，爸媽去上班，大姐二姐去上學，就我一個人看家。看不看家是另外一回事，主要就是「留守」，大人出門前一定會交代：玩什麼都可以，就是千萬別玩火，別玩電……剩下的就是一個人想辦法玩。家中還有個大約六平米大的小院子，旁邊有個小廚房，大概也就六平方米大小，不要懷疑我喔！就這麼小。你們家大那是因為你們家……大。如今想來那個像鳥籠子或者像鳥窩一般大小的家，住了有一年吧！記憶裡都是好事，幸福。

那一天，我蹲在院子裡，隔著竹籬笆，認識了一位剛剛搬進來的新鄰居，就她一個人，後來我叫她王姑姑，一直叫到我三十多歲最後一次見到她。當時她好像還在念大學，她那天下午問我一些家裡的事，問我多大了，不記得她有沒有問我一些國際局勢，應該沒問。反正，我們就認識了，我是我們家第一個認識她的，後來她跟我母親非常投緣，兩人經常來往，逛街之類的……沒過多久，她帶回她的男朋友，一個很帥的北平男人，帥得跟好萊塢的賈利・古柏都有點像（就是《戰地鐘聲》的那位男主角），就這麼帥，「玉樹臨風」沒形容錯，名字取得也好聽，叫……不能說。又沒過多久，真沒過多久，他們倆要結婚了，新房就在我們隔壁，王姑姑住的小屋，小院。

我從大人們的準備和談論中，感覺到結婚和辦婚禮，大約、好像是一件不小的事，即將發生。也不知道他們去法院公證了沒有。結婚那天就來了有十幾位他們的朋友吧！時處二戰結束後不久，因為逃難的關係，所以雙方都沒有家長，賓客沒有老人，就他們的朋友，新郎是海軍士官長之類的級別，帥，穿著軍裝尤其帥，來參加婚禮的海軍同事，都沒他帥。

在那個時代和我那個年紀，總認為人家吃飯時有人喝酒那就是幸福家庭，若是有女人一起喝酒，還有收音機裡的音樂聲，那就覺得他們好像在幹壞事。但王姑姑在家辦婚禮：第一，開著門；第二，她又跟我們那麼好；所以我沒有誤會他們。有些人站著，也有人喝得多了些，靠在床邊和別人聊著，會靠在床邊聊天，自然是因為沒沙發沒椅子可以靠。我記得他們吃的菜，還有一兩樣是借我家廚房爐子做的。中間，王姑姑不好意思地匆匆跑進我家，喝酒的關係臉紅紅的，向媽媽借一下廁所，我們都沒廁所，媽媽很快遞了一個痰盂給王姑姑，進了我家廚房，關門如廁。然後她很感謝又高興地回到隔壁辦婚禮的新房。那天新郎也喝醉了，斜躺在床頭，話少，臉好紅，煙霧彌漫著他們的世界，思鄉和生存之苦，暫時被婚禮的喜悅沖淡了，也許沒有沖淡，我不知道。總之，那是一場絕對有見證、也有祝福的「婚禮」。

沒多久，王姑姑懷孕了，生了個女兒，又沒多久，老公退役了，去投資開礦，又沒多久，聽說投資失敗了，然後，新郎（這時我們已經不叫他新郎，叫他李叔叔了）不見了，沒消息了。一開始王姑姑還很有信心地等她老公回來，又過了幾年，王姑姑一邊做事一邊撫養著他們的女兒，李叔叔就是音訊杳然……我記得王姑姑最喜歡帶著她女兒，和我們家小孩講故事，她常說的是：杜十娘怒沉百寶箱。

二〇一六年三月

文學叢書 620

INK PUBLISHING

# 一個演員的生活筆記

作　　者　李立群
圖片提供　李立群
總 編 輯　初安民
責任編輯　陳健瑜
美術編輯　林麗華
校　　對　呂佳真　陳健瑜

發 行 人　張書銘
出　　版　INK 印刻文學生活雜誌出版股份有限公司
新北市中和區建一路249號8樓
電話：02-22281626
傳真：02-22281598
e-mail：ink.book@msa.hinet.net
網　　址　舒讀網http：//www.sudu.cc

法律顧問　巨鼎博達法律事務所
施竣中律師
總 代 理　成陽出版股份有限公司
電話：03-3589000（代表號）
傳真：03-3556521
郵政劃撥　19785090 印刻文學生活雜誌出版股份有限公司
印　　刷　海王印刷事業股份有限公司

港澳總經銷　泛華發行代理有限公司
地　　址　香港新界將軍澳工業邨駿昌街7號2樓
電　　話　(852) 2798 2220
傳　　真　(852) 2796 5471
網　　址　www.gccd.com.hk

出版日期　2020年2月　初版
ISBN　978-986-387-305-1

定　價　350元



國家圖書館出版品預行編目資料

一個演員的生活筆記／李立群著；
--初版，--新北市：INK印刻文學，
2020.02　面；　公分（文學叢書；620）
ISBN 978-986-387-305-1（平裝）

855　　102006805